缄默之盐诗丛

夜晚的虚构

YE WAN DE XU GOU

宋迪非 著

长江出版传媒 | 长江文艺出版社

目　录

寂静的诗 / 001

月色 / 002

白花 / 004

冬日旅行回忆 / 005

海是一种形式的记忆 / 006

雪在葬送秋天最末一个白昼 / 007

我们靠近的马是些草原中低垂的牲口 / 008

盲眼的鱼在盲眼的海里游 / 009

夜的断片 / 010

虚构 / 012

冥币 / 014

夜梦 / 015

死去的马 / 016

蓝玻璃片 / 017

圆的抽象 / 019

为波特兰移民局局长一幅照片所写的诗 / 020

出示的神灵及被告 / 022

这是报纸上的盐渍 / 024

风葬 / 026

让哑巴说话 / 028

电影 / 030

雨 / 032

印钞机在响 / 035

向夜的深处 / 037

格斗 / 038

春天的书写 / 039

我看到卡车 / 041

词 / 044

夜气 / 045

异乡 / 046

存在 / 047

蓝羽 / 048

咒语 / 049

游走 / 050

词语 / 051

孤证 / 052

梦呓 / 053

呜咽 / 054

村庄 / 055

经过 / 056

二〇〇八年十一月十号 / 057

灰光 / 059

我们 / 068

盐 / 070

全权 / 071

预言 / 072

巴托克 / 073

寂静的诗

寂静的诗里有盐的颜色

有盐里渴死的鸟的颜色

有一种无限透明的含着你的倒影的颜色

这都存在于你眼睛的远方之外的遥远小屋里

存在于你爱人敲门的时候

她走进这间有一张床的小屋

就在你爱人躺下的一瞬间

门就开了

风就吹进来

你的爱人一动没动

似乎在你的眼睛里望着远处的你

你就在自己的眼睛里走出

抚摸了这一切

包括你的爱人

和她受惊的眼睛

你就成了天空的颜色的一种

一种有蓝色意味的白色

一种诗逃走后小雨的色彩

月　色

1

寂寞午夜笼罩的杯子
盛着被一个人喝过的水
以某种简单的形式
照亮桌前透过月色的窗子

2

在我们忧郁的思想里
窗子是蓝色的
一只提琴会告诉你窗子上的月色
窗下草丛会收藏一只丢失的鞋子
我们有从水上游来的孩子
他们赤裸的身体一个个漂浮在池塘上
他们睁开眼睛一个个孤单地死去
眼里充满水底深处水草的诱惑
在我们忧郁的思想里
窗子始终是蓝色的

3

我在这片林中雪地上站立
一只鸟从它白色的小坟墓里飞走
它曾无数次埋在林子外的另一片雪地上

月光照亮了我半个脸
我会踩着这无人踏过的雪
月光般死去
会有一只鸟飞入我透明的怀抱

4

一座空空的楼房
我的肖像画被一只苍白的手
从楼上的窗口扔出去
飘得多么远
我的肖像画
曾无数次目睹房子里的月光
是怎样透过窗子
有时照亮了我哀伤的眼睛

白 花

一匹马躺在河滩旁天空低垂的地方
孩子手中的白花悄悄举近马哀伤的眼睛

遥远的其实就是这一朵眼中的白花
风就要从孩子的手中吹走它

这朵白花曾在空中低低飞徊
曾为黄昏的来临而生长在大地边缘
曾在雨淋的玻璃前想起自己的死亡
预言自己逝于一片芦苇的水中
犹如一去不回的歌声

孩子也是一朵白花
想开放的时候就把自己举近马的眼前

马闭上眼睛就是一片宁静
马梦见月圆之时许许多多白色花瓣纷纷向自己飞来

冬日旅行回忆

我走进山里
并非仅仅我一个人
还有其它的一个、两个、三个人
我们走进冬天的山里
经过山里的雪
并非仅仅一天留下的雪
我们走过落雪的树林、山坡
走过山间的草地、结冻的河
我们经过冬天山里的雪
村庄离我们很远
我恍然觉得自己并没有真的走在山里

海是一种形式的记忆

海是一种形式的记忆
一个浪游的人的海
没有什么例外
风揪住海
把每一个冒险者
围困在自己的命运中
这一个人注定要死去
海却无休无止
精力永不衰竭
我们说到海
不过是在说一个人
包括了他寂寞的一生
当他在浪游时迷失
谁也不要惊动他
我们都要回到大海

雪在葬送秋天最末一个白昼

雪在葬送秋天最末一个白昼

我并不是说有雪的地方便没有了秋天

灵魂的色调并不完善

在秋天里,落叶完全醒来

而只有在秋天里才有落叶

那时你不能哭泣不能诉说

那时有一个在别处的人说

秋天是唯一的色调

而树木到了光秃的时候

秋天就已经开始迅速地消逝

冬天埋葬的不是你不是我

是灵感,是风的呜咽,是一个完整的季节

或者,我们在这里无法祭奠秋天

那似乎是一种梦幻的时光

并不曾真实地存在

我们的灵魂也不曾真实存在

我们靠近的马是些草原中低垂的牲口

我们靠近的马是些草原中低垂的牲口
风从早晨就开始吹动,轻轻掀起它们的鬃毛
一直到天色暗下来。这是些遥望的马,没人知道
从什么时候它们来到草原,草原是孤寂的
而这些马不知为何而来,草原的风是低沉的
这不是我们所能了解的马。更深沉的风吹来了
夜的气息在广大的草原开始弥漫。博大的草原的夜
  晚呵
那些马纹丝不动,单调的昼与夜的交替
在它们宁静深远的眼睛里进行,它们和夜色融为一体
我们不知道此时它们是不是垂下头,轻轻嗅着草
此时的草原在风中急速起伏着,草在响着

盲眼的鱼在盲眼的海里游

盲眼的鱼在盲眼的海里游

同一片海域的表面

风平浪静

盲眼的鱼游入深水

沉入自由的睡眠

它轻轻摆动

毫无阻碍地漂泊在大海里

没有方向

只有水

只有大海

这一片海域

已经一千年了

只有一条盲眼的鱼

顺着深处的海流

轻轻摆着

漂游

夜的断片

我看到一篇文章的断片、一首诗的结尾
一盘录制夜晚的沙沙响的磁带
一个死者的面模和被时间复制的恐龙的残骸
我看到门的扶手、楼梯的轮廓
灯的微光、石灰桶里水的波纹
积水的街上独自大步行走的人
以及一扇没有锁住的门和一个处女的阴部
我看到灯泡的碎片在水洼里闪烁
还有无法找到的开关、无法打开的灯
我看到一张残损的脸上淌下的墨汁
我看到夜晚苍白的手指
它要拉紧城市上空的口袋
也看到穿越城市的电线呼啸着
电流传向一个寒冷的时代
而战争正危临到我们头上
我看到诗人的死和死后留下的名字
还有连篇累牍的讣告
它摆在夜晚的写字台上被一个刚刚离去的人摊开
在我面前,是淋漓的墨汁和旧报纸上晃动的行文
这被写下的夜的证词,字迹斑驳

我看到了大雨在空街上行走,冲走了人的痕迹

激起了一片片水雾,把每一扇开着的窗子"砰"地
　关上

狂暴的自然将报复我们每一个人

直到把城市摧毁留下倾圮的碎片

我看到没有人性的人的潮流怎样涌动

从广岛到巴黎

一个黄种男人和一个白种女人

乳房和肋骨

扭动的激情和人的呐喊

我看到一切并记下一切:混乱、悲哀

最后我看到自己的脸

人性在幻象中沉沦

而寒冷的清晨开始从灰白的台阶上向城市漫延

虚 构

一个生存者
就是一个大游戏者
在虚构的数码坐标上冥坐
一只黎明的手举起夜的棋子
越过田野上迅速移动的阴影线
在开阔的郊外
和无名对弈
时间是唯一伟大的对手
闯入无灯的死亡区域
在匆匆掠过的脚步声中
落下棋子
集中了所有阴暗的光线和角度
虚设的点与线
固定在大地隐秘的方格上
我们说
棋子在动
夜晚转换成黎明
命运被预先设定为未知
钟声敲响
一个愚昧的人

将不再把可能落下的棋子
落在一个固定的点上
迅疾
迅疾,一切都取决于迅疾的运作

冥 币

有时

我们访问一个死人

在一个类似收发室的屋子

和他交谈

在我们的脚下扔满了掐灭了的碎烟头

尽管他是我们早年的朋友

可我们仍然有些陌生

他拘谨地坐着

询问着我们的住址

准备寄给我们一些节日用的冥币

夜　梦

我在一面镜子里梦见你模糊的身影
就像一团白光直对着我的眼睑
我在一面刚刚浇上水银的镜子里梦见你
水银把你的整个身体湮没
而我却听到你在里面哀哀地哭泣
我在一面被梦见的镜子里重新看见你
看见你黑色的长发和半遮的脸庞
你蜷曲的身体因为呼吸而不可见
仿佛黑夜合上了我的眼睛
我要在一片水银的光里埋葬你
我要你在一面夜晚的镜子里穿上衣服
然后穿越无数个走廊
在镜子的外面和我紧紧拥抱
你将梦见爱情的火在整个空间里燃烧
直到所有对立的镜子在一刻间化为灰烬
那时你和我的身体将不复存在
就像烧过一次的火焰再不会重新放出光芒

死去的马

我用手抚摸一匹死马的头骨
我的手上闪着磷光
我想起了一个人午夜墙壁上的肖像
和这匹马的头颅一样
我也想起了死亡
那消失的纸张
我捡起了一支铁钉
它曾钉在脱臼的马骨上
我要磨去它上面的锈痕
然后把它钉在另一匹不存在的马上
以纪念一位不存在的骑手
——一个永远的超现实主义者

蓝玻璃片

我的嘴角衔着一块
刚刚涂上蓝色墨水的方玻璃片
我的鼻孔嗅着墨水的气味
就像嗅到死亡的气息一样令我欣喜
我看到玻璃片上深浅不同的蓝色痕迹
我的视觉和嗅觉一样
都达到了深刻的自由
我能看清玻璃片上最细微的流痕
透过流动的蓝色
透过这个隔在中间的玻璃片
现在,你的脸正对着我
你的眼睛正在看着我
然后,你转过身
走进一间开着门的房子
背影缓缓移动
而一个病人凑近我举起了一张名片
另一个人牵着一匹马
打开门走进了马厩
并戴上帽子
现在太阳出现在我的眼前

隔着这片玻璃
是一个暗红色的圆
已消尽了光芒
当然,我也可以随便躺在床上
拉开灯,对着房顶向上看
我看到了灯泡和垂直的灯绳
以及一只从墙角飞落在灯绳上的苍蝇
从蓝色浅的地方
我感觉到灯泡和灯光的本色
而我,一条静卧在房间深处的鱼
一动也不动
蓝色用无尽的波纹将我覆盖

圆的抽象

在任何一个地方
都布满了圆形
在没有圆形的地方
也充满了圆形的意味
而在一间没有灯的大厅里
漆黑一团
圆形在暗处辐射
所有的人都趴在大厅的底部
一个圆叠加在另一个圆上
一个人叠加在另一个人上
然后出现了正方形和三角形
在众人之间
有另一个圆
圆中是一张没有表情的脸
在灯熄灭了的黑暗中

为波特兰移民局局长一幅照片所写的诗

那个官员瞅着我
瞪视着我
他穿着黑礼服
露出白衬衫的领子
他在大声说话
说着外语
大声训斥着我
我一声不吭
我的衣服紧紧贴着身体
我瑟缩发抖
他的眼睛像一双假眼
他的脸像橡皮做成的脸罩
严谨地扣在脸上
他没有表情、良心和一个消化良好的胃
他拍巴掌的声音非常响亮和傲慢
他说 OK，Hello
他俯身面向我
他在不停地说着
嘴巴在不停地动弹
他的一条腿好像就要踢过来了

他的眼睛已经不再看我

他越说越离谱

从《俄勒冈人报》一直骂到俄亥俄的温斯堡

我害怕他倒下

就哆嗦着顺势抱住了他

他在我的怀里依旧大声骂着

他骂的是外语

美国话夹杂着英国话夹杂着法国话夹杂着意大利话

他流着口涎嘴角歪斜

他还能看清我吗

一个瘦子一个仇人和他的一个救命恩人

他已经看不清窗外正向他走来的同事

他已毫无还手之力

我可以立刻抽出刀杀了这个狂怒的家伙

我却抱紧了他

害怕他从我怀里径直地滑落在地板上

软塌塌地塌在我的脚下

毫无知觉地抱住我的双腿

那时我将大喊

波特兰移民局局长伯比

出示的神灵及被告

、

这些扭动的神灵真实可信
就像我亲眼看到一样
堆积在人类生活的暗处
像真理张贴在广告牌上
他们通向城市的暗道
在那里金属裸露
钢铁的管道扭结在一起
他们正在泄露
从我们的墙壁上渗出
像一幅大型的书法
也像一个隐形的人无动于衷的手势
他们流到我们的桌子上
从一个房间的地板绕向另一个房间的地板
在医院实验室的长颈瓶里
我们看到了他们的变形
那蓝色的溶液
需要更多的药片
来溶解他们的灵魂
一个穿白衣的女孩就站在这里
而另一个人却爬上了楼顶高高竖起的桅杆

用手势呼唤亡灵

他们就这样在我们的住所增长他们的势力

他们冲上街道

他们的手指缠上纱布

这世界好像被装上了消音器

我们只能看到他们从这一条街道走向另一条街道

从广场走向隐秘的楼群

从楼梯走向地下室的储藏间

他们抬腿伸手向前俯冲向后仰倒

他们大声地骂大声地笑

用双手痛苦地捂着脸哭泣

可我们却什么也听不到

他们有时隐藏在电视机里

在夜晚

从每一个家庭的电视屏幕里冲出来

我们的世界摇摇欲坠

发松变软

我们的腿和身体也裹上了纱布

作为失败者

我们只能孤独地生活在生活的孤独中

而他们却在我们退却的地方狂欢

扔满了酒瓶和标语

这是报纸上的盐渍

这是报纸上的盐渍

这是无穷无尽的铁片制成的环绕的形状

再也返回不了原地

这是性能良好的马

驰骋出喷着白色泡沫的大洋

黑暗中隆起沙子的城堡

这是未被翻译的外版书

其中藏着上千个死结

上千种人的上千种渴望

这是一盘只有半目胜负的围棋

对弈者依赖对手的失败或胜利

这是孩子的狂想

烟囱从灰堆中挺立

马桶不停地被疯子击打

这是奄奄一息的人

来自海上

来自一座没有烟囱没有锁眼的城市

这是一张铺开的纸

席卷城市的垃圾

和一个个不断奔跑又不断滑倒的人

这是市民们盛大的节日
大群的归鸟没有父亲
圣殿间没有人的痕迹
怀着悲愤我写下否定的诗篇

风　葬

请埋葬我
把沙土堆得天空那样高
让风把坟墓吹开
不要清点黎明前的骨头
不要惊醒睡在我身边的那个人
请把他抬走
放在野外没有人烟的地方
只有风无尽地吹拂
在他的脸上放上一张透明的纸
让他望见午夜的天空
请倾听风声
拉住那个在风中疾速行走的人
我们说着同样的语言
在风的区域游荡
在地图上消失
请小声点
不要惊醒那些在风中熟睡的人
他们都躺在野外的深坑里
躺在风里
被星星埋葬

请把草尖上传来的声音告诉我
告诉我们
我们一同沙沙响着
用沉默的语言向天空诉说
请让我们消失在一根针的寂静里
请在人类的内部
装上钟的发条
请还给我们透明如初的内脏

让哑巴说话

让哑巴说话

细菌

进入风化的现实

在我们共同生活的社区

放置捕鼠器

向蚊子学习语言

把尸体放入

密封的塑料口袋

让他们蜷缩着歌唱

在真相大白之前

我在一个生锈的铁盒子里行走

背诵一个死者的呼吸

用一个钉子

凿穿墙壁

哦,那些不断增长的人

那些喝粥的人

正在挖掘天空脱落的皮肤

扛走一袋袋口粮

在地窖里建筑城市

我吞食着苍蝇

用乐谱记录蚊子的歌唱
在我心里
蓄积着无限增长的悲哀
和一个傻瓜的抱负
我躲在脸的后面说话
某一天
我放肆地死了

电　影

我喜欢闪现的
嗞啦一响就没了
就像老电影上的闪斑
(是这样叫么
或者应该叫划痕吧)
那种声音与现象
在电影结束后
就陷入人们
稀稀拉拉起来时的黑暗
椅子吭当吭当响着
表明人们已经陆续走散
然后你点燃一根烟
(我会吸烟么？)
用烟头戳一张报纸
能把纸烧尽么
(尽又是什么意思？
有一句话说
要在灰里扒拉出火星来)
至少我不会在
一部电影里点烟

或在一个特写镜头里
把纸烧着
OK

雨

雨,是从小雨开始的
渐渐变大
直到白茫茫一片
看不见五米外打伞的人
十字路口的绿灯像潮湿的绿斑
在我的右上方一闪一灭
我在跳动着泡沫的街上疾速穿过
冒雨走进楼里
收拢雨伞
回到屋中找了一把凳子
坐下来在黑暗里静听
并感受着风刮着雨点吹在身上
雨,或打在一只洋铁桶上
发出叮叮当当的清脆的响声
(我想象那只桶被刷成红色)
或落入草坪寂静无声
或被一阵风吹到窗玻璃上
留下一片模糊的雨点
雨,在我眼前下着
不停地浇淋着楼下的一辆白色面包车

洗亮了窗外砖墙后面的煤堆

把蚊蝇赶进墙皮剥落的楼道

雨，在我看不到的远方的黑暗里下着

打湿了一堆绿色的啤酒瓶碎片

被风吹进郊外一家亮着灯的小饭店

浇淋着一片片房顶一条条街道

和一座座濒临倒闭的工厂

雨，打在一堆生锈的铁管子上

雨，因为跟不上风的韵脚

并没有形成一首诗的节奏

但它的单调和寒冷

却渗透进我们衣服包裹的肉体

护佑着我们孤单的面孔和清冷的呼吸

当午夜被单从我们身上滑落

我们是否感到自己已被这世界遗弃

现在，我听到雨点渐渐稀疏下来

一个小男孩尖细的嗓音划过夜空

偶尔，一辆汽车从附近的街道跑过

借着对面一楼一扇窗户透出的朦胧的灯光

我感觉到整幢楼房黝黑的影子就伫立在我前面

我知道我只要经过院内红色的栅栏

拐个弯

在这幢楼下的一家食杂店走过

就走出了这片潮湿的楼群

走向更广大的世界
而雨,迷失在城市的上空
在霓虹灯照不到的地方
游动着白色的寒气
雨,轻敲着加油站的油桶和黄房子
迷蒙了广袤的田野上纵横交叉的小路
当一辆卡车缓慢地行驶在雨中
我们不知道它要去向何处

印钞机在响

印钞机在响
以真理的名义
和沙子的声音
在一间宽广的大厅
城市黑暗的库房的内部
在地图未被标明的纬度
印钞机持续响着
那纸上的声音
我们既不能为它释义
也不能砸碎它内部的空间
就像砸碎一块透明的玻璃
印钞机在我耳边响着
在我心脏里响着
在人声鼎沸的股票大厅里响着
这声音穿透了人类的句法
直抵黑暗的核心
如果我们仰望天空的顶部
就会听到这声音自天而降
如此纯粹
不掺杂人的一丝情感

如同圣训
如同悲戚
如同母亲哭泣亡孩的歌

向夜的深处

这是黑暗的时刻
短促的方式,爆发的语言
我不能沉默,就像我屋中的炉火
向着一个孤寂城市的混乱的倒影
我孤身一人行动
向清冷的街道,失群的狗,和呼唤的心脏
我投掷了一声声呼吸
红色的衰竭的心脏,濒死的勇气
向着车灯忽然投来的一束束强光
我迎面呼叫,不是为了拯救
肉体在街灯光的灰尘里踉跄
渐渐被心跳的鼓点激动
我要一直奔跑下去
街道以疾速行驶的车的速度后退
向夜的深处

格 斗

我不会和
忽然强大起来的对手格斗
我不和凶手格斗
也不和斗士、亡命徒、走狗、冒险家格斗
我只和我自己的影子徒手格斗

春天的书写

我写春天
写田野里刚刚发芽的草
我写风中的人群
在阳光底下散落成一个个小小的黑点
写钢轨在僻静的野外穿过
写荒废的草屋
和高过草屋的树木
写风乍起时树梢的轻摇
麻雀枯叶般落下
我写刚刚下过的一场小雪
写雪中的草垛和远处行走的农妇
我写炊烟在天空底下飘过
在一座座房顶上飘过
写往灶坑里添火的小孩
写他被火光照亮的脸
我写刚刚打开的畜栏
刚刚拧开盖子的墨水瓶
写小学生的方格本
和屋中油漆斑驳的旧桌子
写被煤气灯熏黑的小玻璃窗

我写晚归的牛羊
写在母亲怀里睡去的没有洗脸的小女孩
写农舍间的一条条小道
我写牛粪的芳香
写夜晚的灯光和院落
写仓房里的农具已闲置了一冬
我写熟睡的人们
他们躺在炕上的各种姿势
写他们的疲倦和忧伤
我写夜晚的村落和田野
写田野上的虫子刚刚苏醒
写鸟群在天空上飞过
写老鼠在洞里深眠
我写风的寂静和树的无声
写河流边上的枯草
写流水的轻响
我写远处的山
和更远处的城市
写公路上的方向标
写列车的动荡
和车里半睡的人们
我写北方的辽阔和微寒
在这个春天
我写下我真实的呼吸
和沉默的祝福

我看到卡车

我明显看到

眼睛

在广告牌上

看到猪

肉

和卡车

和晃动

然后是

黑暗的常识

被仿造的道德

然后依次是

书籍装订机

油毡纸

集装箱

上面的大写字母

我明显看到

肉被切割称量

人在走动

人在车上

我依次看到

油毡纸

卡车

被刚下的雨

模糊

一个白塑料口袋

从车上刮落

我看到人在走

卡车晃动

我明显看到

大众哲学读本

仿写的汉字

贴在集装箱上

我看到人从车后面赶上

然后是猪

肉

卡车

书籍装订机

大便

然后是

卡车

油毡纸

剁肉的人

然后是

卡车

封面
然后是
卡车
我看到人在走
商店向后闪过
我看到卡车
停下不动

词

和冬天一样开阔。
马车。
在这个下雪的早晨
和杨树一起走进词的深处。

夜 气

夜气
弥漫在易拉罐上空
有一点游动的火
照亮无数张依次排列的假面
说话的人大张着嘴
凑到光的中心
有一个类似强辩的真理
有一个轰响着黎明的听力
犹疑者
吹口哨的人
忧伤的诗人
统统消失在冬天的街上
下雪了
雪落在火车站空旷的货场

异 乡

因为那些雪么
城市肮脏而寂静
空气洁净微蓝
雪悄然堆积
歌声来自异乡
来自一个女人
没有什么
被一只手抓住
点亮,拨开
歌手睁开被刺伤的瞳仁

存 在

堆积的衣物
无法表白
钢铁的构架中钟表在响
被黎明漂白了的工厂上空
有一万只钟表在响
死者的呼吸穿透了记忆
烟斗在孤寂的夜晚燃烧
城市敞开巨大的洗衣机
孩子们的住所写满红字
真理无法表白
一只猫闪过街道
风暴掀翻屋顶
一个疾走的人夜半横穿过铁路

蓝 羽

夜之将尽的时刻
一只鸟破碎的翅膀
穿越一座废弃的工厂
那个在十字街口反复出现的人
听到了孤寂的心跳
深眠的人被噩梦惊醒
我测量荒野的微蓝
守夜人熄灭了最后一盏灯

咒 语

我的咒语是呼唤那些蓝鸽子
化作天亮前雪片一样的风暴
我伏在冬天的水里力量在水下面拱起腰来
并呼吸在水无情的眼波之上
而全部的我反抗着某个单一的我的暴力
就像反抗着一座冰山
此时
寒冷的波纹布满了天空
也布满我的身体
天亮前蒙霜的大地闪着天空微弱的光芒
充满了语言的暗示
你出现在天亮前的一刹那
我通体透明
用鸽子的翅膀接触你冰冷的嘴唇
我的心脏用黎明的光来接近你
用水的声音来呼吸你
你是我的恋人
你在我血的光芒里醒来

游 走

我拥抱这畜生
因为在它的里面涌起我的形象
我不可能不是这畜生
不是它疯狂地在这荒凉大地上盲目游走
用它那如同影子般迅疾的双足
它的眼睛看到天空深处更多的黑
它的目光也更寒冷更神圣
接近于冰的透明
在它巨大的身体里
孕育着我没有表情的脸
而我的脸指向虚无的村庄
并一无所见
它的身体在雪地上扭动发出被击伤后的怒吼
它碎裂了丢下一块块冰
而在我的目光长久注视下天空渐渐变蓝

词 语

那块碎裂的镜子
反映房间内部的空间
那些因久居而陈旧的事物
比如没擦过的窗子，沙发和吃剩下的面包
都依次出现
它甚至照亮了冬天这个贫乏的词
词就在这镜子的内部张开
闪亮
而冬天的雪堆
在尖锐的玻璃上掠过
之后，是寂寞的灰蓝色的天

孤　证

这被写下的词
揭示了呐喊和缄默
如同孤悬的嘴唇
没有性别
这喊叫声所穿透的
镜子里的寂静
烧灼最强烈的光
愤怒的呆照也终将被寒冷洗白
心，即恐怖的原型
显影液把嘴和脸浸蓝
如同梦幻
从没有存在过
最响的声音是无声

梦 呓

镜子在墙壁上反光
屋内没有多余的物
说,或不说
贫乏,这个过度出现的词
已足够锋利
寒冷
就是在照片中也是清晰的
如这粗糙的墙壁
而封闭即显露
即清澄
在几件简陋的家具上
没有多余的光
一整个冬天
没有访客
你试图了解的
是身处其中的灰尘
或供你休息的圆形木凳
哦,那大提琴的低鸣
怎么能够被听到
被抓住
被抛开

呜 咽

寂静从内部开始
收缩光芒和暴力
疯子们的早餐
已被吞光
蓝色
从各个方向涌进
向扭结在心脏里的血管
向锐利的晨光
那些躯干
在逐渐的蓝色中
在肺部的呼吸中
斗争
然后被灼烧
风开始了但没有杂音

村 庄

冬天
白色涌入
畜栏，连着田野
和下午的草茎
沉默，抓住了一个被抛来的雪团
荒凉
如房间里的敞亮
一张肖像
保持和一个虚无的词反向
向着远方
与雪光一致

经　过

我发现了什么，刚燃烧过的，或被抛弃的中国商品
经过某人的手，商标，被贴上又被揭开
消失。电焊的点点蓝色火苗，在工厂厂房的尽头闪烁，
　熄灭
工厂巨大的阴影隐在暗处，仅仅有一个棚顶的一角被
　照亮了一下
熄灭的还有手，纠结在一起的钢筋，各种脸的表情
穿雨靴的人蹚着水走了一个夜晚，穿过我的耳朵
集市开始营业，揭开黑色橡皮的表层，轮胎堆满货场
经过雨水，帐篷，盲人被动的目光
涵盖万物的，并非黑暗，烟丝，戒指。
我发现了巨大的美，不同于以往。残忍，狡诈。
我经历了一团巨大的蝇群。
不要表明其中的善意。
也不赞美恶。

二〇〇八年十一月十号

在麻袋里面
有许多的书籍
黑暗里发出沙沙的响声
我从里面滚了出来
如同从自己滚向别人
滚到一个更大的房间里
这个房间每一个角落都被人细心擦过
屋里有人用手把我撸了一遍
撸出了一些细菌
又把我塞到纸篓里
如同对待一个痔漏患者
我拽着身体里某本书残余的一角爬了出来
我把自己身体的各个部分都往大了抻了抻
我镇定自若地坐在自己的意识深处
如同坐在稀薄的氧气里面
书籍在我的胃部蠕动
然后胳膊也伸进了胸腔
够某种永远也够不到的东西
鞋子被手拿起，咔咔，敲打
往我的头上钉钉子

我在痛感中把嘴翻过来
我抽出里面的一本毛茸茸的书
然后是第二本，第三本……
最后抽出来的是我的邻居
我拎着他的脚顺势把他抛出去
他踉踉跄跄地瘫在地上
用手搂起来所有作废的生锈的钉子
发疯地含着眼泪从我的脚开始往身上钉
我又从身体里抽出个胃来
拎着他的脑到把他装到里面
用胶带封死并标上日期——
二〇〇八年十一月十号

灰 光

★

在街口
一个渐渐风化的人
对着昏黄的天空
说着非人的诳语
一盏正在碎裂的灯
张开血红的意识之眼
照着寂寞的没有尽头的雪堆积起来的黎明

★

夜半
有一个声音经过
又一个声音经过
经过陌生人的颅骨
和一条笔直街道深处的雪
有什么东西就要裂开
在未经手抚摸过的表面

我听到持续的呼喊

★

夜里
听到人在地板上走动的声音
翻开的书门一样合上
落在地上的钢笔
梦一样消失
街口深处那些裸体的人
身上的伤口自动愈合
向四面八方不停地走着
天空无比澄澈，晶莹
收缩着我们的心

★

从十字路口走开
再见
那风雪迷茫的大道
从街口开始的
永远置人在流浪途中的梦
过于深远
罩着谜一样的城市

回荡着女人的歌声

他眼神苍白

但内心如灯

在雪中亮起

坚定

如等待黎明的盲者

那哑语

和手势

和无比宽广的田野上悸动的十二月之光

★

寂静

那被裹在麻袋里的

凸起的巨大的面孔

被丢弃在广场上

这陌生的存在

向着雪的广袤世界缓缓漂移

留下模糊的阴影

充满暗淡的褶子

风

携带着一个受伤的人

从旁边卷过

喘着

如同鼓风机发出的噪音
夹杂着远处一个瓶子的碎裂声

★

那雪的影子
在夜的广场
被风吹着
扭曲着
在蓝莹莹的雪光里行走
静止于
白色金字塔底部
阴暗交错的光线
和死亡的迷宫
我惊讶于一闪即逝的光芒
那夜晚坠落的星
在我记忆里涌现的
是亡灵般灿烂的天象
和命运那漫长得没有尽头的黑暗通道

★

那没有记忆的
正在进行中的建筑

绑在脚手架上
伫立在城市的中心
漂浮在雪里
蒙着梦一样的灰色丝网
我行走在它旁边巨大的银色挡板下
如同另一个——
迷失在灯光模糊的路口
一双旧皮靴
踩着雪
穿过残破的楼口
经过一层层堆叠起来的楼房
窗子上碎裂的玻璃
步入时间巨大的黑色废墟——
一个箭头射穿的惊骇的核心

天空异样的蓝
笼罩着最后一场雪
和立在阳光里的黄色楼群
人们穿过楼房的间歇
散布到街上
人影在雪地上走动
聚拢，分散

消失在各个角落
街道在我眼睛深处堆满了雪
伸向大地的子宫
那赤贫的地带
那里有着荒寒无人的杂草
连绵的雪
和无止境的白昼

你从你的记忆消失
大提琴阴暗的光
返回你忧郁的脸
穿过你的下午
照亮你梦中的双手
你在窗外反射的雪光中醒来
敲碎玻璃
你醒来又睡去
那大地白色的殓衣
那把脸从窗口朝向天空的孩子
你听到沉寂的音乐
使你失而复得的歌声
巴赫,伟大的弥撒
这白色的雪域上空永恒的沉默

像雪暴一样席卷过来
扫过这蓝色的监狱,惊悸的心
看吧这自由的人群
这黑暗的楼梯
和疾速走下楼梯的人

这过于漫长的冬季
被阴暗的光线穿过
醒来的人还没睡去
睁开焦虑的眼睛
仰望白天
城市倾斜着反光的窗子
到处都是忙碌的和无所事事的人
踩着楼房的阴影
春天在远方悸动
载重卡车一下子在街的拐角刹住
激起雪尘
阳光,犹如维瓦尔第的音乐
从忽然变亮的季节深处涌来
这最后一场大雪
融化,又冻结
冻结黑的楼群

在台阶上结冰
我坐在缓慢移动的公交车上
转过一个个街口
看到艰难行走的人们
各自走向不为他人所知的生活
留下一个个移动的
在雪堆和车辆中穿行的黑色背影

无调性
真理深处的房间
是勋伯格的黑暗
不可触摸的雪
在城市的每个角落的夜晚
飘落
覆盖，堆积
没有手的印痕
整个夜晚都是洁白的
乐谱
卷起风中的卡片
垃圾在头上和雪尘一起飘扬
这古老的屋顶
雪后深湛的蓝天

从某一个不知何时打开的门中
走出深眠不醒的人
他滞重的脚步声
像跛子的行走
从街口各处传来
终夜不得安生

叙说：
不过是另一个春天
另一种欲望的苏醒
阳光在慷慨地照耀
城市在永无休止的漂移中
蒙上春雪
谁用蓝钢的刀片刮着
刮着冬天的下巴
树木光秃秃的
在街道上行走的人无家可归
一场大雪之后
城市犹如墓园
和积雪中的树木一起
以肃穆的悲悼
献给已经远去的朋友

我 们

我们
被黑暗控制的人
坐着,头上的空间和正在建筑的楼群相勾连
阴影憧憧
承受着酸雨和隐去的闪电的指示
在意识的表格里显示着倒置的阴影。
我们被虚无包围,虐待
两个无头的人搅在一起
形容枯槁
何以与人或自己格斗?
和影子格斗?
我们吞噬者,对词和欲望的研究
使我们神清气爽
开始进行白昼光明四射的工作
辐射夜晚的墙角
那一堆堆正在膨胀的臃肿的词
和人群散尽后灯影错乱的泡沫
下水道里散发着泔水和尿的气味
我们咳嗽着
用脚踹着街边生锈的圆形铁筒

走过肮脏的晃动的木制楼梯
街灯下延伸着颠簸的道路和扭曲的夜
我们回到自己的工作室
一个简陋到没有门牌的地方
头顶上晃动的灯
在被石子击碎的瞬间
映着灯绳
暴露了墙皮剥落的残迹
犹如自然的痕迹
烟雾在肺里不停消失
却留在
X光蓝色的照片上
墙角堆满了掐灭了的烟头
我们和贫穷较量
并围绕着自己的影子跳舞
我们战斗者
以自由变化的俯身的姿态
进入并穿过每一个卑微的缝隙

盐

在大海里
马漂移着呼吸
冬天白色的盐
在码头闪烁

我走在孤零零的街上
街灯下
寒冷的风里,潮湿的台阶上
传播着异域吹来的风咸涩的思想

马消失在海里
孤单,荒凉
如同
深处的海流里白色的骨头

在夜里
沉淀着垃圾
化合的黑色元素
无人的候车室里只有一个没有血管的人来回走着

我看到寒冷的海已经奔涌了一个冬天

全 权

这些乞讨的人
在海边
如同在无人的世界

海的波涛缓慢而有力
一层一层递进着
冲走那些亵慢者的污迹

我在岸边
碰到了那几个流浪的人
我听他们在大海的喧声里宣讲真理

自由而饥饿的海
冲走了城市
那捉摸不定的灰色倒影

冬天
在海之上
无形的拳头在舞蹈

大海的权利在无始无终的运动中确立

预 言

风又一次遍吹大海
波浪消失于波浪
在秋天的寂静里
钥匙在阳光里闪烁
海在远方一次次重新启程
太阳
这孤单的漂移者
灼热地烘烤着单调的灰色的洋面
并迅速地向西
向西——
在海边
在一浪接着一浪涌动着的海水覆盖的台阶上
人和他拉长的影子又一次重逢
并大声说出
被风声淹没了的呼喊——
那勇于死亡的
更勇于生存

巴托克

黑暗

在凄厉的叫喊中被拉响

在仓库里面,小酒馆,和学校

冬天,在一个人冻僵的手上颤抖

一张个人的照片上面

孤独,寡欲

被划分为思想和灵性

在他的脸侧面的阴影里

依然是没有表达的表情

这时,音乐在大提琴的音箱里低沉地震动

手上的血管抽搐着

心的跳动

忽然显露又消失

黑暗的广大空间里

交错着无数条经纬错乱的银线

脸在后面注视,手上的动脉在后面流动

蓝色的阴影交叉着流向消失的城市

紊乱的琴声

在悸动的夜晚错杂的街道上和盲人的心脏相逢

脸对着脸,面具对着面具

冰冷的线条扭曲着身体
白色幕布上面的阴影里隐藏着宇宙的狂热
一个人从里面出走
无家，不过是大门敞开时的呓语
风吹过街道上的尸体
大门外面，阴郁的琴声粗噶而又急促
一个人心绪已乱
却在正在缠紧的线团里面抽身而出
斩断
在宇宙的大写字母里
面孔又一次被击碎
照亮
血肉模糊
在绷断的琴弦里面找到了静止的停顿
空白
瞬间结冰的城市
重新返回到原始的阴暗
粗大的血管伸到几何的数据里
不被计算
你好，你好
纠结的奥秘
扯着你的领带
看
那非人的——

图书在版编目（ＣＩＰ）数据

夜晚的虚构 / 宋迪非著. -- 武汉 : 长江文艺出版社，2019.8
（缄默之盐诗丛）
ISBN 978-7-5702-1008-4

Ⅰ. ①夜… Ⅱ. ①宋… Ⅲ. ①诗集－中国－当代 Ⅳ. ①I227

中国版本图书馆 CIP 数据核字(2019)第 092563 号

责任编辑：胡 璇　王成晨		责任校对：毛 娟	
封面设计：江逸思		责任印制：邱 莉　王光兴	

出版：长江出版传媒　长江文艺出版社
地址：武汉市雄楚大街 268 号　　邮编：430070
发行：长江文艺出版社
http://www.cjlap.com
印刷：湖北民政印刷厂

开本：880 毫米×1230 毫米　　1/32　　印张：9.375　　插页：8 页
版次：2019 年 8 月第 1 版　　　　2019 年 8 月第 1 次印刷

定价：68.00 元（全四册）

版权所有，盗版必究（举报电话：027—87679308　87679310）
（图书出现印装问题，本社负责调换）

缄默之盐诗丛

窗子

CHUANG ZI

张曙光 著

长江出版传媒 | 长江文艺出版社

目 录

忘川 / 001

酒吧的夜晚 / 002

窗子 / 003

七月 / 004

宿命 / 005

咖啡厅 / 006

主人对我们做了些什么 / 007

卡桑德拉 / 008

雪落在…… / 009

雨中即景 / 010

在高速公路服务区 / 012

也许我该说些什么 / 014

雪的色情与谋杀 / 016

我度过…… / 018

花园里 / 019

这场雪 / 021

如期而至的春天 / 023

厨房里的哲学 / 025

抉择 / 027

拉伊俄斯 / 028

那条街 / 030

这是个糟糕的夏天 / 031

讲述 / 034

西格蒙德·弗洛伊德 / 035

读《维特根斯坦传》/ 038

冬天的骨骼
　　——给老单 / 040

雪是唯一的存在 / 043

事物的相关性 / 045

生命的证据 / 046

致—— / 048

煤山 / 050

在一个傻瓜的国度写诗
　　——纪念波拉尼奥 / 051

巴赫的音乐 / 053

海的童话 / 054

但丁 / 056

生命 / 058

有鱼缸的诗或悼念阿什贝利 / 059

这个夏天我没有读陶渊明 / 061

帕多克从三十二层楼上向露天音乐会开枪 / 062

伤口 / 064

哲学家 / 066

从建大开车到奥体中心 / 067

我们的生命 / 068

冬天：纪念肖斯塔科维奇 / 070

忘 川

我看见了那位摆渡的老人,他的
胡子和眉毛因岁月和悲伤
而变得雪白。要是我的爷爷活着
肯定也会是这副样子,但他不会
这样辛劳,而是默默地抽烟,对着
那条时间长长的河流沉思
当然啦,这里说的是另外一条河
是对前一条河的消解,甚至取消
它联结着生和死,光明和幽暗——
事实上它更像一扇门,通向虚无——
我的爷爷肯定见过他,每位死者
都将从这里经过,进入一个全新的
开始。但他忘记了。他甚至记不清
自己是谁,多大年纪,以及为什么
会在这里。岁月沉积着。一种巨大的厌倦
把他变成一条船,或是那条河

酒吧的夜晚

在酒吧度过了狂乱的夜晚。
我们的声音在烟雾中
飘浮,钢琴像一条吠叫的狗。
人们来了又去,像日子,
或可疑而又暧昧的恋情。
我的衬衫敞开,后背
被汗水打湿。灵魂渴望着
从绷紧的肉体中跳出。
一个歌手落寞地唱着,天知道
她在唱些什么。时间静止了,
在泛着泡沫的啤酒杯中。

窗 子

他没有留意傍晚的到来。
他抽着那只旧烟斗,仍在发出咝咝声。
淡蓝色烟雾围裹着他,像丝质的睡衣。
他回想起一些事情,或什么也不想。
他不喜欢这生活,但想不出什么生活更好。
事实上他没有什么可忧伤,也不会感到快乐。
他没有留意窗前的那只鸟儿飞走了,
播放着的音乐也早已经停了。
一整天他听着巴赫,肖斯塔科维奇,或爵士。
音箱上满是灰尘,但大师的声音
透过模糊的岁月仍然清晰。
是的,他没有留意傍晚的到来,
黑暗透过窗子渗入他的身体,
但那扇窗子仍然明亮。

七月

这些天来,我醒得很早。
在读庞德的《诗章》和布考斯基。
后者是一个诗人,和酒鬼。
说实话,我更喜爱那样的生活
和作品。在夜晚穿过黑暗的街道
寻找着酒吧,在明亮的杯子里
盛满寂寞。或者说,生活
本来就和艺术密不可分,而艺术
只是生活的一个怪胎,它更像一个
吸血鬼,让我厌倦。又是一个七月。
对我来说,这是一个命定的劫数。
或许我也该羡慕庞德,他有足够多的朋友
和高傲,却把破旧的稻草人当成偶像。
现在我起身打开窗子,以便
让更多的空气和声音进来。
窗前的那只鸟早就飞走了,
它曾经欢快地叽叽喳喳唱个不停。

宿 命

夜晚和啤酒溢满面前的杯子
他坐在一群人中,听着他们谈论
汽车、女人和办公室的政治。他们喜欢
他的诗,或压根没有读过他的诗。
但这些都不重要。他只是坐在那里
喝酒,听着他们在聊天,失意
或洋洋自得。他注定孤独,他将
喝干杯子里面的酒,然后站起身
摇晃着走进黑暗小巷的深处——
他知道这是他的宿命,但无疑也是
他选择的道路。黑暗中有人点烟
或咳嗽,他不知道下面有什么发生。

咖啡厅

他坐在靠近窗子的位置,一个人。
他面前的杯子空了。
他感到生命在时间中一点点流逝。
外面的夜色变浓,街灯
透过繁密的树丛亮起。他想起
很多事情,那个晚上。他的人生
总是受到命运的拨弄。邻座
女孩们谈着衣服和朋友的婚礼。
他又要了一杯咖啡,没有加糖
他品尝着生活的苦味。上帝成就了他
让他成为诗人,同时却输掉了生活。
手机响了,一个陌生人,他打错了
此刻他多么希望握在手中的是一支枪。

主人对我们做了些什么

在一个梦里,我变成了水手。
我们和风浪搏斗,像神明一样崇拜着我们的主人。
他许诺带我们进入一个美好的世界。
但在树木葱茏的艾尤岛,美丽的喀耳刻
用她的魔法把我们变成了猪
他也投身在女巫的怀抱,放弃了我们
他们手挽着手,在花园的小径散步
在草地上做爱。而有时看着我们:
"这就是我对你们说起的美好世界。
的确,生活真的是十分美好。"
随即他的目光变得黯淡,举起手中的杯子:
"当然,它也会变得有点残酷。"
然后撒给我们一把发霉的橡子。

卡桑德拉

她见证过两次历史的改变。
一次是一座伟大城市的陷落
另一次一位伟大的君主被杀。
这些完全可以避免,只要人们
听信她的话。但一切早已被命运注定
我是说特洛伊和阿加门农的覆亡
以及她的话永远不为别人相信——
她注定只是一个见证人,和挽歌的作者
而无法阻止历史滚动的巨石。

雪落在……

雪落在城市的夜晚
落在楼房　路灯　树木和街道上
雪落在雪上　落在这场雪
和上一场雪　以及
更加悠远的岁月落下的雪上
雪像石头　成为自身沉默的部分
雪落在我们的童年
伴随着我们出生和成长
落在我们老年的墓地
注视着我们的死亡
雪落在我们的生前和死后的日子
雪落在风景中　落在时间
和时间的空寂中

雨中即景

他走在街上雨下了起来。
这是个星期六,天在下雨。
他的心情糟透了。雨水溅湿了他的鞋子。
他不知道自己要去哪里。
(是赴一个约会,还是随便走走
就像往常那样?)
但天在下雨,他的心情糟透了。
他不知道自己要去哪里。
他只是走着,走过湿淋淋的树木
和发亮的汽车。街旁快餐店的窗子
看上去明亮,温暖,充满着诱惑,但并不可靠。
上一个晚上,他在读一本《雪人》
尤·奈斯博写的侦探小说。
里面写到了谜一样的死亡。
或许死亡本身就是一个谜。一个谜或一个奇迹。
但这是个星期六,天在下雨。
他不清楚二者有什么关系。
对于所谓的生活,雨总是温柔地介入
而雪是它暴虐的兄弟。
当然,或许正好是相反。

总之,这是个星期六,天在下雨。
他的心空荡荡的。他想起
旧时的街道,有轨和无轨电车
和雨中花朵般绽放的伞。
雨滴仍旧在昏黄的街灯下成串闪亮
在这个水泥和钢筋的城市
它又能编织出怎样的梦想?
他的心空荡荡的,就像这个夜晚
就像他走过的一条条街道。

在高速公路服务区

孤零零的几所房子
便利店和卫生间是同一道门
饮料,食物,日常用品
散乱在货架上,没有人问津

隔壁餐厅里的几个人
围坐在一起,默默吃着饭
长途车司机,满载的货车像远古巨兽
驯顺地守在门外,仿佛有更深的图谋

加油站在另一侧。高大的顶棚
衬着天空和树影。汽车像人
也要补充能量。空气中有股呛人的汽油味
油量表和喷枪躲在阴影中

想着心事。年轻的加油工
漠然地把目光投向远方
看到的无非是空旷的田野
荒草,和虚无的空气

在夏天房前会有几丛稀疏的
西番莲和扫帚梅点缀
现在却是融雪后的泥泞
扔满烟头和空了的饮料瓶

似乎一切都在静止。一切都在这里
凝固。这里不会是起点
同样也不是终点。车辆从这里经过
没有人知道它们会去哪里

也许我该说些什么

我不知道陶渊明的生日但记得我自己的
我读他的诗我想他也许会感到高兴
但实际上他可能对这类事情一无所知
他早已死去而我还活着,这就是区别
谁能告诉我一朵花和一块石头有什么不同?
他同样写诗喝酒,偶尔看一眼菊花
它们在屋前的竹篱旁无助地开着或凋谢
但那是很久很久以前的事了。古老得像个童话
事实上他并不风雅,这让我感到安慰
我经常会为一些小事烦心,和别人争吵
读网络小说,看成人电影或是动画片
翻墙,打打酱油,担心着天气
我试图寻找到生活的意义最终发现在生活中
根本找不到意义。一个个日子来了又去
就像你认识的那些女人,根本无法留下它们
我曾经愤世嫉俗但现在成了
一个温情的环保主义者。有些时候
我活在记忆里,更多的时间
沉溺在幻想中。同样我看不出其中的意义
意义是一个被用滥的词儿,一颗破旧的纽扣

吊在生活的衣袖上，你不会当成药片服下
今天一场急雨摇撼着午后的灌木丛
它们看上去是灰色的，或一种接近灰色的绿
雾气淡淡地升起，窗外的风景变得模糊
直到天色暗了下来，就像在舞台上
街上汽车成排地闪亮，焦急地按响着喇叭
一些人撑着伞，另一些人在雨中奔跑
这一切令人厌倦。我渴望一种更为本质的生活
没有人告诉我那是什么。我写诗喝酒
只是消磨时间的一种方式，抵御着无聊
而不是痛苦。正如他们谈着格莱美、金融危机
温室和蝴蝶效应，以及美国在亚洲的军备
说到底，这些没有什么不同。诗是一种生活方式
甚至也是一种死亡方式，它填补着我们
空虚的内心。我一直在这样说
但仍然不清楚它是否真的会是这样

雪的色情与谋杀

下雪的天气。我独自坐在餐桌前面
看上去百无聊赖,读着《下雪天请勿杀人》
迈克尔·马隆写的那本书。
在侦探的世界,总是会发现一具尸体
一具或更多,哪怕是被埋在了雪里。
是谁杀了他(她),下一个又将轮到谁?
这问题愉悦着我们,就像是在看一部 A 片,或下雪。
雪,死亡,痕迹,和掩盖——
充满了惊喜,一次次周而复始。
在这场游戏中你将扮演着什么:
杀手,尸体,还是窥视者?
而外面的雪仍在下着,欢悦,轻盈
偶尔会有一些飘到窗台上——
那里往常会落下些鸽子,有时是麻雀,
远处的忍冬科灌木也变成了灰色。
在这个晦暗的午后,雪更加显得
洁白而无辜,有谁怀疑在它的下面
会埋藏尸体,或其他东西,譬如某种色情意味
这取决于你看待事物的目光,
正如巴尔蒂斯所说。现在空气中

开始弥散着一种可疑的气息
电水壶发出尖厉的叫声,一列火车呼啸着驶过。
白天最后的光线在窗玻璃上一闪而逝。
又一个日子过去。它们去了哪里?
我是说日子和那些鸟儿,以及那些死者。
在我的心里,同样也在下着雪
成为黑暗中最明亮的部分。下面
同样掩埋着一具具尸体。

我度过……

我度过太多空洞的日子。
有时我会忘记我是谁,我在做些什么。
每天我走过同样的街道,去见一些同样的人。
咖啡馆里播放着乏味的音乐
里面的咖啡全是一个味道。

黑色树干在二月的积雪中走动。
我们一天天长大,然后变老。
初恋的女孩嫁给了别人。接着是她的女儿。
另一些人走失了,找不到回家的路。
迷失是我们生命的本质。

我们努力学习着遗忘的艺术,
任插在花瓶里的鲜花枯萎。
冬天吊死在冻结的水管上,春天仍遥遥无期。
当终于明白这世界并非为我而存在
我已度过太多空洞的日子。

花园里

花园里没有花现在
积满了雪。但它仍然
被称为花园。它积满了雪
在这个季节没有花
昨天晚上我梦见
和几个熟人谈起了
年龄,性,和生活的严酷
"我现在的年纪,"我说
"对女人已经没有了兴趣"
我想了想,然后又说
"我对女人仍然有着
兴趣。"我们在花园里
走着,其中一个我很讨厌
我老了,我厌倦自己
对这个世界也是一样。
入睡前我给自己泡了杯咖啡
翻着威廉·巴雷特的
《非理性的人》
然后听了一小节
菲利普·格拉斯的《刺柏》

他并不透明。今天早上
有雾。花园里曾经有花
但现在积满了雪。

这场雪

也许注定会成为
某种契机,进入或偏离
轻盈地跳跃,或沉重地跌倒
芭蕾的舞步
在疲惫的脚趾上滑动
努力模拟着鸟儿的飞行
却仍然徒劳。它们去了哪里?
道具装饰着羽毛,美丽
但只是形容词的一种
车轮空转,似乎反证着
阻力也是动力。一个巨大的
冰柜,压缩机嗡嗡响着
单调而乏味,就像生活本身
而树篱扮成白色,尽管看上去
仿佛一道淡淡的影子
这一切是否让你感到厌倦?
"哦不,这很好。"或"我喜欢这些"
我们习惯了借口,真正的意图
总是被掩盖。一只猫被冻僵
四肢朝天,被倒放的毛绒玩具

被它的主人遗弃。整个世界
在旋转中昏眩,然后变成一片空白
看上去干干净净,时间和历史
被抹平,似乎一切都不曾存在

如期而至的春天

1

又一次春天如期来到,当从沉思中抬起头来
恍然发现置身于另一个世界。我的心里仍然
残存着冰雪,即使在昨天,它仍在肆虐
围困着我们的生命,那即将沦陷的饥饿城市
我们熟悉它的残酷,正如它熟悉
我们的软弱。而对于春天,我们也并不陌生
(不止一次出现在我的想象中),但经过了
漫长的等待,它却没有带来预期的一切

2

现在冰雪融化了,道路因此变得泥泞
一个个水洼割裂着天空。云从行人的头上
掠过,像思想,或疑惑。总是有太多的问题
困扰着人们。我们为微不足道的胜利欢呼
却一不留神踏进深陷的泥沼。它只是依时序而来
我的浑身冰冷,不知该说些什么。一切都不曾开始

甚至也不曾结束。尽管窗台上的水仙花开了
看上去很美,也似乎带给我们一丝温暖的慰藉

3

季节只是改变着自身,却一次次把我们
抛进绝望。雨黯淡着风景。灰色的水泥墙体
衬出明亮的杏树。车辆匆匆驶过。电视机里
播放着一架客机失联的消息。在初绽的蓓蕾中
你能否读出死亡的讯息?也许一切都是徒劳
我们努力填补着时间的空白,如莫兰迪所做的
却制造出更多的空白。即使在春天,它们仍在延展
就像冬天和雪,就像画布,希望,和死亡

厨房里的哲学

诗应该最大限度地容纳经验,我不知道
这说法是否正确。今天早晨,我在厨房里
做一杯鲜榨果汁:金黄色的橙子,剖开,去皮
果肉放进榨汁机里。它开始转动,嗡嗡响着,仿佛
尝试在做一次低空飞行。当滤掉渣滓,一杯新鲜的
　橙汁
出现在餐桌上。而经验是什么?那杯橙汁,还是
切开的橙子?当然这只是一个比喻,无论如何
它喝起来可口,而且有助于健康。这是否意味着
现实只是出于某种想象,它在恣意中生长
尽管需要某种气候和养分。我们屈从于感官的需要
并被欲望所塑造(这说法会被原谅,但毫无价值)
我经历了太多的事情,但大部分忘记了,或不值得记
　起——
现在是五月,丁香花谢了,留下淡淡的香气供人凭吊
岁月在急遽变幻,就像天空翻转的云团
事实上无论你想抓住些什么,但最终
什么也抓不住。此刻透过百叶窗,我看到
光线变暗,似乎在下雨,像电视里的爱情一样老套
但我喜欢下雨,雨是灰色的,那是椋鸟和灵魂的颜色

可它真的会起飞吗？我是说灵魂，我感到疑虑。时间
从不曾带给我们智慧，它全部的馈赠只是厌倦和沮
　丧——
我们浪费了太多的生命，但没有人知道
能用它们做些什么。也许只是在消磨时间，等着雨停
　下来
有时我们渴望另外的风景，替代着经验，并使咀嚼
成为一种本能，或我们全部的使命。时间现在
开始慢了下来，关注着食物和天气，我消磨在厨房的
　时间
多于书房的时间。冰箱里整齐地排列着：西红柿，圆
　白菜
土豆，青椒，还有几罐啤酒，火腿肠和牛奶（它们全
　都是名词）
就像书架上的那些书：卡夫卡，贝克特，维特根斯坦
德里达和齐泽克。他们注视着我，目光严厉得像我的
　中学老师
但我听不懂他们在说些什么。现在我乒乒乓乓做着晚
　餐，并努力
从中获取着快感，就像在写一首诗，就像在做一次
关于生存的形而上的思考，或做爱，其实全不靠谱

抉 择

前往还是返回,这是个问题。
在大洪水到来前你会到电影院
看一次午夜场,或是去酒吧喝一杯甜酒。
天气糟透了,尽管这已是春天
但看上去更像是一场精心策划的骗局。
花坛满是荒草。道路倾斜。
心情像清理过的抽屉一样空空荡荡。
巨大的影子投射在墙上,它是三维的
并且被时间俘获。无论如何
你发明了可供触摸的梦想,虽然它轻薄易碎
还会发出清脆的声响,就像你手中的
那只杯子。早已习惯了告别
并努力遗忘着那些逝去了的空虚日子。
最后一班公车开过。树篱上的白花美丽如故。
人们总是期待奇迹,直到雨停了下来。
没人告诉你,如何能让时间静止,快进或是快退?
重点在于,前面是指哪个方向?
而在这条路上我们能够走出多远?
但这是另外的问题了。现在为虚幻的影像困扰——
前往或是返回。开始或是结束。

拉伊俄斯

命运——在通向特尔斐神庙的十字路口——
终于追上了你。沉重的一击,它完成了自己的使命
事实上,这只是整场悲剧的序幕。后面的更精彩
只是你无法看到。你已卸妆,回到了家里
坐在炉火边,喝一杯酒,打盹,或是和家人聊天

一个老人为什么不能安静地待在家里?难道他不知道
命运会像豹子一样潜伏在夜晚的每个角落,准备着
随时发出致命的一击?为什么不能坐在炉火边
喝一杯酒,打盹,和家人聊天,然后拿起一本书
上楼,慢慢地读,弗洛伊德或拉康,梦见
那个愤怒的年轻人。门窗紧闭,把风雪和命运关在
　外面
它们焦急地拍打着百叶窗,发出砰砰的响声

像贝多芬第五交响曲的某个乐句。同样
不要去招惹那些年轻人。他们早就等不及
要把老人们赶下舞台,或送进坟墓。他们就是命运
确切说是命运的一只手。他们有足够的勇气
去抗争即将来临的一切,而不像我们,只是逃避

祈求着神谕，然后更深地落入命运的圈套

如同故事讲述的那样。但他们真的能够幸免吗？
命运在轮转，没有人最终是胜利者。同样的结局
只是无意义地向后推延，推延，但并不改变。拉伊俄
　　斯，你的悲剧
造就了俄狄浦斯，正如他的悲剧同样造就了你
他是你的儿子，同样是你的父亲。他杀了你
也同样为你所杀。事实上，我们不过是些时间的祭品
被献祭给命运。而那些神祇，也只是帮凶者
或无能为力。他们冷漠地看着，直到大地沉入黑暗
神庙投下巨大的影子，那上演我们故事的剧场

那条街

这条原本熟悉的街道现在变得陌生
两旁拥挤着蔬菜和水果摊子,杂乱,肮脏
小贩们高声叫卖着。在这里我住了整整十年
现在却无法唤起当时的记忆。时间摧毁着一切:
旧式的建筑,那些树,它们曾经美丽,以及
熟悉而亲切的面孔。哦,欢乐和悲伤的美好时日
生命即是记忆。但现在我们已无法挽回
就像一个从忘川返回的人,当我走在
这条街上,内心充满了莫名的忧伤

这是个糟糕的夏天

这是个糟糕的夏天

我的一颗智齿出了毛病

左眼也开始变得模糊

有人说我老了是的的确我是在变老

但我的心却仍然年轻

它仍然年轻充满了渴望

这让我感到沮丧

这是个糟糕的夏天

我听着鲍勃·迪伦和帕蒂·史密斯

《大雨将至》或《有关一个男孩》

他们的声音仿佛从另一个世界传来

又像是就在隔壁

It's a hard rain's a-gonna fall

Beyond it all

但没有下雨,没有雨

雷明顿 MII 猎枪斜倚在墙角

枪管上落满灰尘

这是个糟糕的夏天

但没有雨,没有下雨

金丝雀死去了,或不再歌唱

院子里开着紫菀和薰衣草
在夜晚看上去是灰色的
像黯淡的星星。月亮暗红色升起
这将预示着什么？
这是个糟糕的夏天
挖掘机日夜不停地工作
牙医的钻头尖厉的叫声
探查着蛀洞和异端的思想
日子重复，像例行的祈祷
或是来自地狱的诅咒
这是个糟糕的夏天
世界在悬崖边上危险地滚动
像一块中了魔法的石头
道路满是尘土，尸体般苍白
没有人知道它会通向哪里
天热得要命空气仿佛一根火柴便能点燃
我们像一支支雷管，拼命冷却着自己
渴望着一场雨，带来天空的气息
但这是个糟糕的夏天
已经很久没有下雨了
已经很久没有下雨
这个世界出了毛病
当然也许是我们自己
但没有人在意

这是个糟糕的夏天
一朵云飘过,然后是另一朵
随心所欲地变幻着形状
但没有雨,没有下雨
我并不悲伤,也不会绝望
我只是感到沮丧。这是个糟糕的夏天
我不知道该说些什么
这一切仍然在延续
但没有人在意

讲 述

在很久很久以前,故事
就这样开始。没有人知道
确切的时间,但总之
会变得越来越久

我是说发生或讲述
但后者可能仍然在进行
事实上前者也是。所有的时间
只是一个:发生或讲述——

阿喀琉斯仍在城墙下追逐赫克托
为了海伦或荣誉;织女和牛郎
在鹊桥上走向对方。奥斯威辛
带电网的高墙正在升起——

仍然听得到那些沉默的绝望
而我们,囚禁在时间的洞穴
看着火光中晃动的影子
(我们自己的),虚构

并开始讲述,但没有故事

西格蒙德·弗洛伊德

当上帝说,要有光
于是世界上一片光明
他却沉溺于黑暗的风景
在里面寻找着人类行为的隐秘动机
譬如,我们憎恨父亲
只是因为内心迷恋着自己的母亲
而我们说出一句错话
只是因为我们真的想说
服从于潜意识和欲望
并被力比多所驱动
而那些美德紧紧捆绑着我们
这让我们变得疯狂
于是我们充满激情地高喊
打死父亲!打死父亲!
这件事让人兴奋
事实上我们互相憎恨
没有爱情。爱情不过是性欲的面具
或安全套(更像是一个借口)。哦打死父亲
多么让人向往。上帝死了
这是我们干的,漂亮,果决,俄狄浦斯

然后我们把他埋在
那一片荒原没有一丝光亮
荒凉而空虚是那大海
或是大海的幻象
我们长大，变老，早晨筑起的沙堡
早已被海浪抚平
没有上帝，没有爱情
没有女人，只有性，在夜晚的街道上招摇
兜揽着生意。夜店里，欲望在酒杯中
放纵，膨胀，迷醉的眼睛追寻着猎物——
人类社会的内燃机组
二者以同样可怕的速度疾驰
不管前面有些什么
哦伟大的弗洛伊德，你的学说
把伊甸园转成地狱
也成功地启发了你的弟子
——荣格和拉康——
他们最终背叛了你
因为你是他们的父亲
（正如他们也同样被他们的弟子背叛）
无论如何我们喜爱美女
我一直弄不清楚是出于审美
抑或是性的需要
在那张蒙娜丽莎的画布后面

是否真的藏着一个魔鬼——
同样有着巨大的乳房和阴部
但最让我不解的是
(而且具有讽刺意味)
在二十五岁时,他疯狂爱上了
玛莎·伯内斯,一个年轻的女人
并创造了一千六百封情书的纪录
有时一天要写上好几封
而后者是一个快乐主义
"你为什么沉溺于让我们痛苦的东西"
她这样说。是的,他沉溺
那些痛苦,也同样沉溺于幻象
沉溺于白日梦、爱情
尽管毫不留情地摧毁了它们

读《维特根斯坦传》

卡尔父亲死了。大姐曼宁也死了
汉斯死了,自杀,哥哥,一位天才作曲家
然后是鲁道夫,另一个哥哥
库尔特同样死于自杀,当他作为帝国军队的指挥官
在前线下达了撤退的命令之后
(这是一个家族为天才付出的代价?)
平森特死了,路德维希早期的同性恋人
他赞助过的里尔克和特拉克尔也死了
事实上他并不关心他们,他们或他们的诗
摩尔死了。伯特兰·罗素也死了
他成功地活到九十八岁,并拿到诺贝尔文学奖
诺曼·马尔科姆死了,他在美国的学生
负责从那里寄侦探小说给他
"如果美国不能提供给我侦探小说
我就不向他们提供哲学。"维特根斯坦
这样发出威胁,但没有人在意。波普尔也死了
他的对头,曾恶意攻击他
(我多么希望我的对头也是这样)
希特勒死了。他在林茨小学的同学
没有证据证明他们有过交往,后者

甚至不会了解他的哲学。那个当时的孩子
曾以无数他人的生命来换自己的死
他打过的乡下孩子也死了，默默无闻
显然他没有获得柏拉图式的成功
鲍斯玛死了，他曾陪维特根斯坦
在峡谷或瀑布边上沐着月光边散步边讨论问题
以赛亚·伯林死了。在一次哲学讨论会上
他见到了他。同他相比，伯林会黯然失色
尽管他也非常杰出。伯恩哈德死了
他没有见过维特根斯坦但写过一本
《维特根斯坦的侄子》。也许是虚构的
但我宁愿不是因为我喜欢他
读书是一次旅行，可以领略不同的风景
但今天我读着《维特根斯坦传》
从中惊奇地发现了一个真理：
人都会死。而里面的人都死了。

冬天的骨骼
　　——给老单

一

我看见你穿着天蓝色的羽绒服
在人流中并不显眼。你穿过浑南中路的红绿灯
向我走来。我等了快半个小时
全身都冻透了。你不是第一次来这里
但仍能带给我意外的惊喜。

二

谈论着诗和往事,共同的朋友
有的疏远,有的变得陌生,在那家小酒馆里。
生活一定是位魔术大师
它的魔杖毫不费力地改变着一切。
喜剧带给我们更多的悲伤和无奈。

三

从文汇街一路走到大奥莱
只是为了找到一家咖啡店
或茶馆。笼罩在淡蓝色烟雾冬天的城市
生命显得更加荒凉而无助。
仿佛我们在一直走着,从年轻走到年老。

四

在你的一个梦里,我们从开发区
走到沈阳(实在太远了),"就像在一部黑白胶片中"
白色和黑色,那是雪和大地的颜色。而在二者间
却包含了更多的事物和层次。
生命同样被简化:生与死。

五

我们已进入老年,人生中的最后阶段。
从现在起我要努力学习仇恨,只是爱的一个侧面
在这方面我做得远远不够:尽管
我从不曾向邪恶屈服,或妥协,却经常
对人们抱有幻想,或有着太多的温情。

六

暴力为时间为命名。雪倾覆道路。
树干在积雪中伸展成黑色,一如冬天的骨骼。
我们仍在雪地上走着,也许还会走得更久,但是否
还会从冬天走到春天,真正意义上的春天?
它属于生命,青春,和自由,但已不属于我们

雪是唯一的存在

在萨拉蒙的一首诗中,他说
只剩下雪。我不知道
这是说在他的诗中
还是指现实世界

雪没有国界:从斯洛文尼亚
直到哈尔滨。当它慵倦地
飘落在广场、街道
和夏天满是鲜花的阳台

一切突然间变得安静。这是
上帝送给人类的礼物
你红色的帽子和围巾
正隐没在纷乱的雪花中

在这个空间,如果愿意,你会发现
只有雪的存在。没有树木
街道和楼房,没有积满雪的
公园和长椅,没有公交车的站牌

没有灰色的灌木和黑色的鸦
没有墓地和死亡,没有驶过的车辆
和车辙,只有一片空寂
在天地间。雪是唯一的存在

事物的相关性

一切可能发生
但一切没有发生

树仍然是树
在街道两旁,被积雪
和沉默包围

还有灯柱,车辆
拍纸簿,和甜点

雪仍然是雪
城市仍然是城市
以及

死亡仍然是死亡
霓虹灯闪亮
沉寂

一切存在
或一切并不存在

生命的证据

我整夜不睡,睁大惊异的眼睛
我凭空看见一些奇怪的事物:
屋子里飘落着彩色的纸屑
像雪一样下着。仿佛是佛陀
布道时的情景。或许这是我的前世
所见?为什么我会被贬落凡尘?
当然是我现在想到的。房门玻璃上
几个古代装束的小人,头上
插着鸡毛翎,坐在墩椅上,似乎
在讨论着军情。事实上,我听不见
他们在说些什么,这就像是
在看一部无声电影。我感到害怕
在绣着荷花和鸳鸯枕头缀边里
藏着一条条蛇,身躯是细细的方形
地上堆着一捆粗大的火柴,旁边
是一堆鸡雏。我的父母对此无动于衷
事实上他们什么也看不见。就这样
在无尽的烦忧中度过了我的童年
我的童年真是糟透了。不停地生病
腼腆,害羞。没有朋友,总是

一个人玩。我爱幻想。常常望着天空
发呆。在很多很多年后,当回想起
这些事情,我仍然会感到迷惘
这些是真实的存在,还是幻觉?或许
是对我童年平凡生活的一种补偿?
我的父母早已死去,假如他们还活着
也不会记得这些微不足道的小事
而我又如何能够证明这件只有我
一个人知道的事情?但我清楚
它们确曾真的发生,尽管说到底
仍然是一个幻象,就像我们的生命
以及这个世界。它们终将不复存在
也许正是这样,我们需要着某种证据
正如古老的猎人,在岩洞中刻下
一天的收获,那些难以破译的图形
徒然留给那些后来者查看,并猜想

致——

或许,旅行是必要的。
正如飞翔,源自心灵的渴望。
但它植物一样的根囚禁在北方贫瘠的土壤
甚至雪,也让人感到厌倦

(它的洁白和轻盈是虚构出来的
也许还要包括它的自身。)

活着的人们热衷于谈论死亡。
而死者,则谦逊地保持着沉默。
这咖啡看上去香浓,喝起来味道却是苦苦的。
现在我们有足够的理由相信
那些飘忽不定的幻象,事实上,它们正处于某种
变声期,却在努力模仿

鸟群,或波音747起飞时的轰鸣。

有谁渴望逃离这个时代,最终会被
像一只蝴蝶钉在地图上。家园
也是牢房。其实情况并没有什么不同。

沿着时间的梯子爬上爬下,我们
看到的是不同的风景。
对于地狱,我们一点也不陌生。
但天堂并不。它只是出于想象。

的确,我向往南方的湿润和温暖。
但仅此而已。
那里的气候也许并不适合我。
我不习惯甜腻的空气,尽管严寒使我不停地咳嗽。
我戒掉了香烟,却无法放弃诗歌——
它有着更大的毒素,远远超过尼古丁。
顺便说一句,我不喜欢狂悖
和不近人情。说到底,我只是凡人。
写诗的凡人。但诗教会了我思考。

诗是一种说话的方式。确切说
是思考和记忆的方式,或死亡的方式
也许还是活着的方式
但这只是事物的一个侧面
在梦境和清醒之间
在活着和死去之间
我说话,但很少有人听懂
这让我感到庆幸、绝望
当苹果从树上落下,你知道,不是因为
地心引力,而是风的诡计

煤　山

朱重八究竟杀了多少人？
以致他的子孙们缢死或离散？
消息树倒下。现在的只是赝品
供后人凭吊。短暂的春天。一场夜雪落下
大火中城楼在熊熊燃烧。但诚意伯
是否预见到了这一切？仇恨被怯懦替换
或只是逆向生长。历史是被写出来的。
尖利的铁器或软㐸㐸的笔。当死者们变老
或发胖，人们已辨认不出他们。
我们必然地讨论着偶然性和平行宇宙。
怀旧是一种坏天气。塔科夫斯基用来雕刻出
一部电影。镜头缓缓推进，就像时间本身。
当然，你无法穿越过去，也无法做出改变。
煤山没有煤，只有最后的风景。
当辞庙的时刻到来，泪眼中没有宫娥。

在一个傻瓜的国度写诗

——纪念波拉尼奥

在一个傻瓜的国度写诗
意味着你是一个更大的傻瓜
或有着更加险恶的意图
事实上你只是一个小丑,捧着相机
在文字堆里讨生活,但并不讨好
上次月食之后,日子变得轻佻
人们只是看到他们能够或想要看到的
而在另外的维度,那棵树
从天空中垂下,像客厅里的水晶吊灯
夜晚去了又来,令人厌倦
像淋湿了的旧雨衣挂在墙上
一根钉子支撑起我们全部的记忆
但今夜你会听见一只青蛙在叫
它在努力模拟一只夜莺
比如你喜爱的卡拉斯歌剧。但她死了
云朵在天花板上飘浮、飘散
烟燃到了尽头,灼烧你的手指
我们的生命总是从一个错误开始
然后拐进一条潮湿的小巷,那里

吸血鬼出没着。但这些你早已习惯
几枝扫帚梅在垃圾箱旁摇晃,似乎是在
清扫着天空。天看上去是蓝灰色
晴朗,却咳出核辐射的粉尘
你渴望着做爱,但独自一人

巴赫的音乐

巴赫。古典音乐台,调频 102.6
此刻我正泡在浴缸里,热气
让我全身的每一个毛孔张开
窗外已是九月。槭树和杨树的叶子
开始泛黄。此后的一段日子里,
它们将会变得比花朵还要美丽
然后飘落,完成一次生命的轮回
(遵从这样永恒的法则,那逝去的
我们挚爱的一切能否再回来?)
大提琴诉说着巴赫。他的音乐让我感动
"我不再抱怨,他们不喜欢我的诗
也许对我是最好的奖赏"。在电话里
我对一位朋友这样讲。然后
我们都沉默了。写诗不是为了
取悦别人,而只是用来抚慰自己——
在这个世界我得到的已经足够多了
我不想再去得到什么,除了理解和爱
我会把期待留给未来。然而未来
真的存在吗?我不知道。但我不会
为此感到不安。哦巴赫,用你的音乐
围裹我吧。水,音乐,温暖而明亮

海的童话

可爱的小孙女用布幔围成了一条船
或爬上滑梯,把围栏想象成她的旗舰
她是船长,我是乘客。而更多时候
我是船长,而她是公主。我们扯起巨大的帆
开始在虚拟的大海上航行

黄昏时分,我们平静地在甲板上漫步
看着太阳慢慢沉入海中,海变成沉默的金色
当暴风雨袭来,我们落下桅帆
或向未来发出求救信号。我们同海盗搏斗
让船驶入荒岛,那里有独眼巨人,毒龙

或囚禁在洞穴的王子——流着鼻涕的小男生
一遍又一遍,她演习着未来的生活
而对于我,只是无数次经历过的故事
早已经厌倦。我穿过了太多的风浪
也见识过太多的死亡。一次次我沉入海底

任凭叫不出名字的鱼从身边游过
它们有着不同的颜色,仿佛草地上

摇曳的花朵，或夜空中的星星。另一侧是沉船
像巨大的礁岩，黝黑，上面贴满了
各种贝壳，但一次次那温柔的声音将我

从大海深处唤回。在她的世界里
只是有着公主，精灵和巫师——
还有小红帽，和一只装扮成外婆倒霉的狼
他狡狯，可怕，但似乎并不危险
也许还有一只大笨熊，粉红色的，在飞

而我，没有人比我更加熟知大海的险恶
我曾是奥德修斯，辛巴达，和亚哈船长
他们都是同一个名字，或同一个故事的
不同版本。我早就忘记了要去追寻什么
却清楚地知道自己为了什么归来

但 丁

但丁在地狱中遇见的都是意大利人和希腊人。
也有少数犹太人和阿拉伯人。
他没有见到中国人。我想他即使见到了
也无法交谈。他和他的向导都不会说汉语。
因此他忽略了他们,没有写进他的书里。

即使在流放中——多么痛苦,远远离开他的家乡——
他仍然深爱着贝特丽奇。
他为她建造了一座天堂,用他的才华和爱。
(然而维吉尔更加让人同情和敬仰。)
他把他的敌人赶下地狱,让他们接受永恒的刑罚。

他的地狱和天堂太小了。
无法容纳更多的人。就像是一个模型,一个微缩景观。
但他的爱与恨却鲜明而强烈,在宇宙间不断地蔓延
只要我们一伸手就可以碰到。
他面容愁苦。他裹着黑色的斗篷像是黑夜。

他到死也没能回到佛罗伦萨(阿赫玛托娃语)。
没有再看到那座阿诺河上的桥,他受洗的教堂

和住过的房子——简陋而古朴——
但我见到了,一个把他的诗转化为汉语的人,一个中
 国人
在2005年,在他死去684年之后。

生 命

舞者在钢索上舞蹈
做着各种令人眩晕的
高难度动作

受限于时间
美只是在瞬间迸发
如夜空中的焰火

或炮弹拖曳的
弧光。短暂的一瞬
却换取了永恒

有鱼缸的诗或悼念阿什贝利

我们又该如何逃避不可知的命运?
即将到来的日子终将变得混乱。
车身一路晃动,颠簸,融入未知的风景。
当你向远方眺望,却什么也看不到。
此刻阳光透过窗子照射在鱼缸上
游动着的鱼看上去像透明的暗影。它们在思考?
又会想些什么?我忘记了钥匙。院子里的菊花开了。
九月即将过去。然后又是一年。完美的循环。
时间的机车轰隆隆穿过黑暗的隧道
(是否会重新回到这里?)我们演示着同样的事情:
起床,洗漱,便溺,进餐,诸如此类。
日子重复着,细节令人厌倦。生活也是。
早些时候阿什贝利死去。他活到了九十岁
仍然有同性伴侣陪伴着他。此外
他还是个酒鬼。但我喜欢。他的履历表
如今变得完整。但死亡不是终结而是开始。
他是否愿意再试一次,证明着永恒只是
无休止的重复,毫无意义地为存在提供着
不断增多的证据。我推崇极简主义
(譬如冬天,最大限度地删除掉颜色。)

另一方面,秩序只是出于人为的设定
而繁复、无序和混乱,也许更加接近
事物的本质。是的,阿什贝利死了
他不再为我们优雅地跳着格子。灵魂溢出
哪里是它的归宿?让我们拉响汽笛
它将一路上伴随着我们。一切将会继续
没有什么会因此而改变。我们都是时间的祭品
注定得不到任何补偿,尽管看上去
房子是那么美好。它如今变得安静,像只狗
等待不再归来的主人。那间密室
已经开启,但里面空无一物。公园里
小女孩为走失的布娃娃哭泣。但有谁会替它
给她写信,安慰着她?我们走来走去,用行动
证实自己的存在。而在那个旁观者的眼中
我们只是鱼缸里的鱼,游动,进食
他注视着我们,就像猫盯着那只鱼缸。

这个夏天我没有读陶渊明

这个夏天我没有读陶渊明。
但这个夏天仍然下雨。
小路两旁的玫瑰和鼠尾草仍然开放。
街道仍然拥挤。情人们仍然拥抱。
在公园的长椅,地铁站和报亭旁。
这个夏天我没有读陶渊明。

但我仍然每天推着轮椅上的妻子
在小区散步,或是去超市购物。
我仍然写诗。仍然不被人们看好。
我仍然咳嗽。青草仍然生长。
割草机的声音仍然响个不停。
生活仍然美好,像歌中唱的那样。
但我没有读陶渊明,尽管我仍然爱他。

帕多克从三十二层楼上向露天音乐会开枪

又一次我们被抛进雪的深谷。写诗
是一件奇怪的事情。这并不好笑。
那个早晨,我在读一本书,有关现代性的
一切坚固的东西都烟消云散了。我茫然。
但 AR15 自动步枪的点射震惊了我。
事实上,帕多克并不是一个人。
他也许只是 59 人中的一个,或
515 人中的一个。或更多的人。
我相信人性的美好,但它不时会滑向
相反的一端,譬如恶魔,譬如那个枪手。
这是一只烟斗。撒旦不是他唯一的名字:
譬如纳粹,譬如恐怖分子,譬如僵尸——
僵尸还是丧尸?他们向我们涌来,蹒跚
在街上,田野,在每一条通向未来的路上。
一群学步的孩子。橱柜里的一只旧袜子
带着上个夏天的气味。发生了什么?
那个日子浸透了血,但仍是平常的一天。
思想过于奢侈。爱情也是。月亮升起
像一个征兆。它是红色的。像那片沙漠。
这也是一部电影。但在三十二层的高度

他看到了什么？当人们蚂蚁般四处逃窜着
是否会找到上帝的感觉？或许这也是
天堂到地狱的距离。但人性的黑暗
远远深过这些。Where have all the flowers
gone？它们像鸟儿一样飞走了？
天堂过于拥挤。地狱也是。死者们的灵魂
栖息在树上，模仿着鸟儿们的歌唱。
烛光中，雨点密集地落下。像子弹。

伤　口

在卡夫卡的《乡村医生》中
他写到少年人神秘的伤口，玫瑰红色
（让人想起芬芳的五月和爱情）
有许多暗点（蜜蜂或飞虫），深处呈黑色
他形容它"像露天煤矿一样张开着"
很显然，它在溃烂，危险而致命
没有人知道少年人是谁，卡夫卡甚至
吝啬地省掉了他的名字。但我知道
这是一个大写的我们，或世界
我们病了。这个世界病了。没有医生
为我们医治。事实上是我们赶走了医生
我们小心地藏好伤口，装出
若无其事的样子，只是在寂静的夜里
偷偷查看着它，或在矿井的入口
探头观望它的内部，或沿着那道梯子
上上下下，想要努力探求它的真相
它就在那里，像一个无休止的问号
我们并不清楚里面到底有些什么
但知道这是一切事情的起因
它更像一座花园，开满了罂粟和曼陀罗

美丽,但凝结着罪恶,带着我们的
欲望,以及全部的厌倦和悔恨

哲学家

一切变暗了。他说这是天黑的缘故
其实并不。只是一朵云飘过
或一架飞机。为此他付出了一生的代价
谎言是美丽的,像刚刚熏制出的香肠
但他只是错误地说出了真相。真理
恰好出自谬误,只是在很久以后
他才真正知晓。他清理石头,开垦荒地
重新修复自己的灵魂。黑暗持续
淤积在他的内心。于是他开始寻找
通向天堂的钥匙,却不知道门在哪里
他说他看见了天使,穿着香奈尔的晚礼服
他把黑夜当作白天,把白天当作黑夜
惊叹于一切都变得那么清晰
他称之为白夜。他度过了美好的一生
人们叫他疯子。他喜爱这称呼

从建大开车到奥体中心

我们的心灵将如何获得更大的空间?
从建大到奥体要开车经过七八个街区。
或更多。也可以乘坐轻轨。冬天的树赤裸,看上去
像放大了的鱼刺。它们在雪地里会发出
淡淡的光晕。仙人掌在美洲。
(当卡尔小心地提起手提箱沿着踏板上岸
新大陆像一本书在他的面前摊开)
风暴在杯子里,或汤匙中,但仍然壮观。
我们努力学习遗忘的艺术,最终发现
思想只是一场流行的疾病。像感冒。
食人族绕着火堆狂欢。火烈鸟交配。
在鲅鱼圈我们寻找着那座古城门。它并不通向
另外的空间,无法把我们带回到过去。
街道的一半翻开。冬天在大地深处产卵。
我们热爱着的是我们无法热爱的。笼子
孵着一只鸟。它有狗一样的鼻子。赛壬的声音更加
　刺耳。
词是什么?思想的血肉?或皮肤?它会疼吗?
现在巫师们消失了踪影。水晶球上满是污垢。
没有人知道下一刻会有什么发生。

我们的生命

或许只是一声呼喊,或呻吟
更多时候是长久的沉默。
我仍然记得那些时日:雪下着
轻盈或沉重,覆盖着童年的那条土路。
妈妈仍然年轻,悄悄带我去电影院。
她拉着我的手,温暖而柔软。
爸爸疲惫地走进家门,外面是震天的口号。
灯光下姥姥翻看着旧照片,微弱的光线
映在她的头上,像冬日闪耀的严霜,
在相继失去女儿和儿子之后。
妻子的微笑。我的女儿出生。
然后是女儿的女儿出生。
时光在不知不觉间老去。老一辈离开——
我总是在梦中见到他们,有时
他们会像活着的时候一样责备我:
用犀利的话语,或目光。
但事情真的如此吗,抑或这一切
只是出于我的微不足道的想象?
生活如此严酷,又是同样美好。
而在蹉跎中我耗费了太多的生命。

但愿有足够的时间修正我们的错误,
我们活着,做着不想做却必须做的事情
却全然不知道为了什么。

冬天:纪念肖斯塔科维奇

这个早晨我在听阿勒曼舞曲。
巴赫作曲,法国组曲中的一首。
不,不是古尔德的弹奏,而是
某个俄罗斯的钢琴家,差不多和我年龄相同
而我忘记了他的名字。十月革命前
即使在俄罗斯的小城市,市长
和警察局长,也会聚在一起
演奏门德尔松的八重奏。肖斯塔科维奇
这样说。他的一生,在音乐和死亡的恐惧中度过
但幸运地逃过枪口,就像他伟大的同胞
陀思妥耶夫斯基。而梅耶霍尔德失踪
音乐家,他的老师和天才的发掘者。
如果他那时死去,我们注定听不到第五交响曲。
如果他生在今天,我们是否还会听到?
生命只是时间的祭品,墙上的那只秃鹫
目光冰冷地注视着我们,直到
时代的列车从我们身上呼啸而过。
是的,你逃脱了。但历史仍在延续,还有音乐和罪行。
我们学习着树木,保持必要的缄默。
此刻窗外帝国灰蒙蒙的天空,正在板起面孔。

入冬以来一直没有下雪,但仍然是
冬天,一个更加严肃的冬天——
落叶被清理干净,拉走,焚化,像尸体
空气中只是留下淡淡的青烟和焦煳的气味。
我们交谈,阅读,听着音乐,只是为了
温暖自己,或等待着决定性的时刻。

图书在版编目（CIP）数据

窗子 / 张曙光著. -- 武汉：长江文艺出版社，2019.8
（缄默之盐诗丛）
ISBN 978-7-5702-1008-4

Ⅰ．①窗… Ⅱ．①张… Ⅲ．①诗集－中国－当代
Ⅳ．①I227

中国版本图书馆CIP数据核字(2019)第092564号

责任编辑：胡 璇	责任校对：毛 娟
封面设计：江逸思	责任印制：邱 莉　王光兴

出版：长江出版传媒　长江文艺出版社
地址：武汉市雄楚大街268号　　　邮编：430070
发行：长江文艺出版社
http://www.cjlap.com
印刷：湖北民政印刷厂

开本：880毫米×1230毫米	1/32	印张：9.375	插页：8页
版次：2019年8月第1版		2019年8月第1次印刷	

定价：68.00元（全四册）

版权所有，盗版必究（举报电话：027—87679308　87679310）
（图书出现印装问题，本社负责调换）

缄默之盐诗丛

阴 雨 天

YIN YU TIAN

孟凡果 著

长江出版传媒 | 长江文艺出版社

献给永红

目 录

站台 / 001

大海的羽毛 / 002

致 / 003

冬季的燃烧 / 004

致永红 / 005

遗痕

——为艺术家薛超的作品写的十四行 / 006

五月的味道 / 007

庄园

——兼致雅琴 / 008

巨石的腋窝下 / 009

清凉谷 / 010

短歌 / 011

我躲在世界的屋檐下 / 012

致 Helen / 013

脚印 / 014

致宋迪非的十四行 / 015

致永良的十四行 / 016

此刻，我的身体是一片绿地 / 017

去年秋天在去佳木斯的列车上 / 018

都灵之马 / 019

冰与火的十四行 / 020

风景 / 021

这些 / 022

星巴克 / 023

阴雨天 / 024

横道河子组曲之一 / 025

横道河子组曲之二 / 026

新年献辞 / 027

凛冽的北风挥舞匕首的胳膊 / 028

十二月的淫雨 / 029

哦，寂静 / 030

落叶像季节的脸 / 031

他了解所有的卑微和虚荣 / 032

时光 / 033

关于诗 / 034

探寻之一 / 035

探寻之二 / 036

探寻之三 / 037

给任戬 / 038

纪念巴威 / 039

外滩 / 040

艺术家

　　——致乌银 / 041

二月的折中主义 / 042

三手玫瑰 / 043

悲歌

　　——纪念高广玉 / 044

平山十四行

　　——献给任艳芳 / 045

间奏曲

　　——致摄影家吴琼的十四行 / 046

我们没有什么值得丢失 / 047

恋爱中的胳膊 / 048

站　台

站台
触屏和句号
地铁臭烘烘的胃
长舌的乌鸦编撰着多刺的奇门遁甲
像初始的单恋被撒上盐
我听见十七层的房子在歌唱
并且泪流满面

大海的羽毛

宝玉似的温泉平静如蝉翅
和着二月的冰冷和暖意
爱不是徒然生长的椰树
你的失眠是大海的羽毛

致

窗外的雪花像谎言一样的密集
寒冷咆哮着如同挣扎的婚姻
我在红萼苘麻的嘴唇中
感受春天肮脏的飞机
钟表般残忍
滴答,滴答
等待签发的通行证,是冰冻的渔网
是红色的蜻蜓在 WiFi 中,脱颖而出

冬季的燃烧

在冬季燃烧的膝盖中
道路和房屋倾斜
活着并且充满了意义
仿佛灌满了水的大地
在阳光的阴影处重生

致永红

更多的时候
我们游离在虚幻与边缘的不安中
周旋与敷衍的寂寞
比老式的剃须刀锋利
那些小小的生命和爱
如此美好
如此不可思议

爱。只有爱

遗痕

——为艺术家薛超的作品写的十四行

寂静。烟。木头的忧伤
在被劫掠的岁月深处
时间像拳头一样厌倦
留下凹凸的腐朽,潸然而下

而心灵的坍塌,胜过无畏的门牌号码
如案板上的带鱼
被切割成整齐的死亡
泛滥。丧失最后的庄严

危险还是禁止
这是个问题
还有刀子一样的白色数字,比密码残酷

当彬彬有礼的愚蠢尚未缀满枝头
谁给予我们清晨慈爱的鸟语
谁引领我们涉过沟壑,抵达心的腹地

五月的味道

一只灰鹊的长尾
如同记忆中的长途汽车
纯粹在植物的深处呼吸
泛滥的郁金香是大地的广告牌
庸俗的手指,喘着气
从倒影和风景的呻吟中,我们
把宁静和安详搂在怀里

庄 园
　　——兼致雅琴

我们可以在这里驻足,流连
病态的阳光,放肆的窥视
谎言攀缘的蔷薇花
所有建筑都缺少呼吸,温度
像一幅幅摆拍的摄影图片

在没有历史的历史中
只有阿什河的无奈,有一种闪烁的美

巨石的腋窝下

巨石的腋窝下
蚂蚁河的源头如隐秘的情人

在柔软的最深处

清凉谷

从桦树林到清凉谷
湍湍的泉水
能否荡涤我们内心的躁气

短　歌

一

白鹭孤独的影子
是时间锋利的剪刀

在距离与思念的搏击中

二

你乳房里的小结节
是清冽溪水中的卵石吗
拂晓的忧虑。载着
落叶的火车

那些冬眠的舌头，比时光更深刻

我躲在世界的屋檐下

我躲在世界的屋檐下
听雪,听风
听时光的皱纹在梅花的细语间
低回

致 Helen

在言词和心灵的空白处
情侣的舌头
像永不屈服的长椅
跺着脚,船只是冻在冰上的面具
白脉椒草的纯洁
比蜡烛斯文。在雪中
石头的大街插进风的锤子
无边的愤怒

脚 印

那些无辜的脚印
并不会生出翅膀
厌倦于格言和残缺的期待
仅仅是一捧新鲜的空气
我们便和庸俗交换庄严的戒指

致宋迪非的十四行

给你云梯,你点燃篝火
给你空旷的西北风,你攥紧拳头
老式的蒸汽车头,是一堆手舞足蹈的废铁
还有最后一枚袁大头,能否换来一瓶牛栏山

在普宁医院的门口我们鼓足勇气
向铁尖的栅栏,撒一泡长尿
那些被我们浇灌的野草和花朵
会格外茁壮,如同忍者

远方,一只红嘴鸥带着 C919 的发动机
愚蠢地俯冲。在杯口处
短暂的停留就是永久

当破碎的柱顶在我们头上落下
谁在逃避,谁在逃脱
那些涌出喉咙的无奈,是一面破旗,被焚烧

致永良的十四行

从你的窗户望去,红旗大街是一捆日历
拥挤,混乱,毫无节制

一颗豹子的心,如何
保持轻蔑和马蹄铁的分寸

四海店开始的厌倦
像水蛭一样纠缠

从何家沟散发的腥臭和无辜
逼迫我们每天服用拜阿司匹林

即使这样也难免雨水渗入脑子
而那些嗷嗷乱叫的黑熊仍在玉米地里乐此不疲

我们并不能留下什么
喜悦和忧伤不过是掩盖缝隙的方式

在谎言和陋习的慷慨中
在宽容、仁慈和爱的陈词滥调里……

此刻,我的身体是一片绿地

此刻,我的身体是一片绿地
此刻,我的梦被4D打印
展开纸屑一样的朋友圈
切开一个个头颅,出卖他们
就像告密者

先从维吉尔开始,或者米沃什
我才不是黑衣主教,甚至红衣
我的混乱信仰,从写诗开始
就像那些性爱
胆怯,虚假,还有一点小小的刺激

此刻,花与诗正用天使的手温暖我
此刻,一艘潜艇驰过我的血管

去年秋天在去佳木斯的列车上

泛黄的秋天像褪色的军大衣
在神树的山脚卷着遗忘

界山的桦树林在阳光下
挥动麻木的风景画

你在小溪的和弦中

闪烁其词的大提琴
在童年的泥泞里
弹奏伤感的绿皮火车

一如秋天的树叶
带着棺材的低鸣

都灵之马

压抑。压抑
一匹马的世界?
绝望
吆喝和细语
风在堕落
主
土豆瞪着眼
让我们如何去死
那些火
去死……

冰与火的十四行

冰与火在唇齿间
二月,趾高气扬的爱
被一股暖意沏入咖啡
沙发。蜷缩的音乐划过心间

谁在谈论着尤拉和尾声
冰冻的往日和拘谨的好感
被道德的围巾裹住,扣紧别针
就像圣坛前的公牛头

那些许美妙的印记,如同粮食
被储藏,我们只需彼此相爱
在心里修筑一条条街道
任凭轰鸣驶入落叶和积雪

请给我花朵和水滴的权利
请把你纤细的手,放进我的心房

风　景

尽管偶尔散发出精子的气息
尽管病鸽子的高脚杯
勉强收到一丝 WiFi

我仍然感受到了夕阳的勇气
在你的爱中
像纯粹的戒指。消弭

有一股宁静与鲁莽的和声

这 些

这些麻木的舌头
在落日的余晖中。沉默

悲伤的舞者像鱼刺卡住城市的喉咙

星巴克

所有荣誉,肉体,忘乎所以地疯狂
在触屏中…

阴雨天

把这个阴雨天装进兜里
不安和恐惧的蜻蜓
我承认它们无可奈何

林子的尽头
被刈割过的野草
有灰鹊的聒噪比雷声紧迫

在燕子翻过的枝形吊灯之上
爱情被裹进玫瑰的花束
那失去的手套的尖叫

横道河子组曲之一

我的朋友在横道河子小镇
修缮一座俄式旧宅
检察官用锃亮的印章
签下通行证

黑与白的世界在油漆工的喘息中
纷纷脱落
像角落深处被遗忘的老鼠
在小号愚蠢的高音中走调

而那座木制的圣母教堂
在档案袋的谵妄中熠熠生辉

横道河子组曲之二

穿过虎峰岭的山口
横道河子像线条在山凹中间
零乱,无序
那些老式的俄宅,麻木,肮脏
吸引我们的总是好奇心和失望感并存
失眠症和糖尿病比黄色画片折磨人
仓买,彩票站,小旅馆的钟点房
比我读过的诗句更庸俗
跨越历史的疑点
我们生活在一幕幕闹剧中
就如同横道河子的耐心
不过是夕阳叹息声中的面具
在汽车加油站附近
有肉被烤焦的味道

新年献辞

曲折的外环桥卧底一样的精心,
转向失灵。高脚凳的遗嘱,是梦。
来自乡下的合唱,所有故事,
并非刻意杜撰。
血管里的垃圾,宠物被披上节日的外套,
欢天喜地,沾沾自喜,呵呵,
我们是幸福的一代。

凛冽的北风挥舞匕首的胳膊

凛冽的北风挥舞匕首的胳膊
十二月喘着粗气
在山中的温泉开足马力

总有一些忘记刻骨铭心
总有厌倦无可奈何

当白皑皑的狡猾在灯笼的指缝间窥视
我们如何减速

在瓢虫最后的挣扎和礼让的飞行中

十二月的淫雨

十二月的淫雨
比冗长的悼词具体

我们被困在汽车的外套中
手里拎着闪烁其词的大厦

一些人成为无辜的幸存者
鲤鱼吆喝着在陆地寻找呼吸的权利

疲惫的教堂尖顶
有光芒鲜花一样涌入

哦,寂静

哦,寂静
咖啡的伤疤
在心的长廊,踌躇

忧郁。女郎
忧郁。憔悴的大地

落叶像季节的脸

落叶像季节的脸
顺其自然或者无可奈何
忍让,谦恭,和无所畏惧
没有什么能够救赎心灵
即使面对恶劣的停车场,和令人生厌的寺庙
我们仍然可以谈笑自如
在山顶。一种邂逅和遇见的感觉
风景总是自然的美

他了解所有的卑微和虚荣

他了解所有的卑微和虚荣
在罪恶与无耻的屏幕上
他写崇高的渺小
写虔诚是多么匪夷所思
还有心灵的妥协
写落叶的放肆,写爱情并不是悲歌
他写动车并不比马车时尚
写所有的印章都吐槽鲜血
而天边的最后一抹曙色并非诡谲
就像冰与火
什么更能刺激幽暗的子宫
闪亮登场

时　光

时光,一台巨大的洗衣机
揉搓啊揉搓,那些不光彩的秘密
会在水中消失? 历史
是一件肮脏的大衣
是不断被粉刷的墙壁
鹞鹰展开的翅膀,并不是彩笔
一只灰鹊站在楼顶回忆
接受总比拒绝曲折
即使面对抖音和恶狠狠的寺院
哑口无言的睫毛如落叶般惊愕

那出其不意的愤怒

关于诗

在寓言和想象的中间地带,有一片开阔地。崇高的个人品质和经验是诗的内涵。

当诗人放弃或者毫无精神境界时,所谓的诗和诗论不过是浮夸的文字。

明晰。隐忍。克制。从日常生活的荒诞中提取超现实的元素,在巨大的栅栏和红色的垃圾之外……

诗是诗的面具。在遮蔽、呵斥和最后的障碍之间。

跳跃,暗喻,模糊。

探寻之一

顺河而下,我们在探寻什么秘密
对于那些被遮蔽的,或者消失的

未知和好奇,胜过白纸的唏嘘
无人处新生的麻雀和灰鹊就是最佳的风景

城市。高架桥。动车。像泛滥的病毒
还有一些贩卖灵魂的诗人,低吟浅唱

人们对于虚荣和纸币的渴望
肉体和品质成为廉价的筹码

而我掌握的词语没有半点生气
河流。密林。野草。声声叹息

探寻之二

在一座被称为劳动者的公园里
摆放着几台破旧的机床

对于历史的印痕,心灵的摧残
谁会告诉我们抽屉里的真相

在修辞学的细菌中,尚存理智的评判
而对于上帝的训诫:我们如何完成

牛驴,房屋,邻人之妻
一首嘈杂的音乐就把我们击溃

在青蛙的教诲和蔑视的弹跳之后

探寻之三

江边的沙滩,突然来了二十四只鸿雁
它们带着盲目的乐观还有侥幸
它们并不知道沙滩的道德底线
自由和深渊
总有许多蹊跷让我们心怀不安

二十四只鸿雁,优雅得使我们惊悚

在这平静的江面之上,是否还存在着弥足珍贵
以及风马牛不相干的伪善

给任戬

我们总是从狰狞的词语里寻找过去的钥匙
从遍体鳞伤的画布中感受月光的威胁

在马家沟河的绳子尽头
我们虚度了此生

纪念巴威

江水渗透
你不安的心
蓝色的低语

一弯新月下的私处

外 滩

薰衣草吐着舌头
残阳似火
野鸭们肆无忌惮。繁殖
芦苇摇曳着像苍蝇
像刚刚领到驾照的新司机
而爱情抛撒遍地的狗粮
一道泪水的月光

艺术家

——致乌银

用刀或者剪子
把这些布谱成曲
奔腾的马群在河流上演奏
川流不息的愤怒和百灵鸟的鸣唱
像动车一样敏感

野蜂的空白处
斧子呐喊着逼近
一队宇航员正被送入太空
穿过旋梯,穿过长长的走廊
有人正把聚会者的名单,交到安全局

刀,剪子,照相机。还有沉甸甸的词语
拳头破碎如泥,天真比愚蠢更有杀伤力
燕子被摧毁的巢穴盖过汽车的轰鸣
郭尔罗斯的优雅是一片墓地,磷光闪烁

二月的折中主义

中央大街从铜管乐队的彩排中
释放出山毛榉的花腔
古老的敌意穿着黑色的皮靴
踢踏声如记忆中的多挂马车
有人试图从圆号诚实的低音中
寻找医治心理疾病的钥匙
二月枯萎的玫瑰花像泪水
吞下整条大街的肤浅和俗气
无论折中主义还是新艺术运动
所有建筑都像过分涂抹的口红
在长号的咳嗽声,等待救护车的到来

三手玫瑰

在人迹稀少的幽径小路
两只三手玫瑰的喘息比天真单纯

马家沟是我的龋齿和颈椎病
是我的血管挂着红色的豆角花

那些铁栅栏像谎言一样自如
我们并无惊恐。在神的避难所

悲歌
——纪念高广玉

我们所能选择的是堤岸轻舔落叶
一览无余的悲苦环绕着理智
那被腐朽滋养的白昼
吞噬着血性的蔷薇花

刚刚离开的栅栏,破旧的墙
在心灵的穷乡僻壤
我们进行最后的交易,讨价还价
得与失,像这场绵绵的秋雨

我们畅饮稻花飘香的暗日
无可奈何的宽恕和市侩
在吹嘘和奉承的烟圈中明亮

然后在全神贯注的狡黠中
寻找星辰,遗迹,马蹄莲的叹息
和我们最后的一片净土

平山十四行

——献给任艳芳

五颜六色的山峦
像忏悔在十月的阳光下展开
在平山崎岖的泥泞中
灵魂在开放
仿佛一行行静穆的诗
在细雨中被怜悯
我们的爱或者被爱
多么短暂
我们有时渴望的温暖
很近，又很远
我们无法改变世界，啊主
我们想欢乐地活着
而这些阳光，野草和凋零的花
是否还会从我们的骨子里绽放

间奏曲

——致摄影家吴琼的十四行

在混乱和破碎中肃穆依然
瓦砾灰色的咏叹
与笔直的烟囱保持距离

铅块般的乌云,步步逼近
阳光龇着牙,无所畏惧
如内心的花朵,伺机怒放

是什么样的暴雨会令我们惊讶
宽宥,像台阶一样被分配
在晨祷的祈福声中腐烂

而爱情不过是两个空泛的字
是废墟间激动难抑的短暂

当所有纯真的愚蠢和脆弱的庄严
尚未全部坍塌前
心灵啊,是否也会像两只鸽子,如此亲近

我们没有什么值得丢失

一片收割过的稻田，黧黑，凄楚
雾，山峦，两头觅食的牛
小溪挡住了去路
冰，细流
踏着石头，越过
这些落叶，枫树和松树
还有挂在树上的虫卵
像绿色的果实
从山底到山顶，几个时辰
过去的时光，得失
如同飞鸟
我们没有什么值得丢失
山顶的巨石，险峻，放浪
一万年，或许更久
如冻僵的珊瑚
或者高估的爱情
放弃了，才更真实

恋爱中的胳膊

一

松弛的夜晚抖动潮湿的眼睛
二月的胳膊被乌鸦惊醒
冰车早已抛错,无辜的哈士奇喘着粗气
如获释的囚犯,从道路驶向汽车
溜走的舌头乖乖回到嘴里,鼠标一样灵活
二月是重新挥舞的风景,是呻吟的霓虹桥
在热恋中

二

把湿漉漉的田野翻出来
把晦暗的城市装进草率的动车
乘着内心尚存的一丝暖意
开始恋爱。长鞭把哼哧的飞机抽得飞快
从花朵和柔弱的心的腹地
黄色和浅绿纠缠,还有红色的惊喜
比麻雀更珍贵

图书在版编目（CIP）数据

阴雨天 / 孟凡果著. -- 武汉：长江文艺出版社，2019.8
（缄默之盐诗丛）
ISBN 978-7-5702-1008-4

Ⅰ.①阴… Ⅱ.①孟… Ⅲ.①诗集－中国－当代 Ⅳ.①I227

中国版本图书馆 CIP 数据核字(2019)第 092562 号

责任编辑：胡 璇	责任校对：毛 娟
封面设计：江逸思	责任印制：邱 莉　王光兴

出版：长江出版传媒　长江文艺出版社
地址：武汉市雄楚大街 268 号　　邮编：430070
发行：长江文艺出版社
http://www.cjlap.com
印刷：湖北民政印刷厂

开本：880 毫米×1230 毫米	1/32	印张：9.375	插页：8 页
版次：2019 年 8 月第 1 版		2019 年 8 月第 1 次印刷	

定价：68.00 元（全四册）

版权所有，盗版必究（举报电话：027—87679308　87679310）
（图书出现印装问题，本社负责调换）

缄默之盐诗丛

塔尔寺的树叶

TA ER SI DE SHU YE

朱永良 著

目　录

速写 / 001

你的语言 / 002

挖防空洞 / 003

时常…… / 005

路线图 / 006

怎么办？/ 009

查理一世的死 / 010

宋朝的铜币 / 012

玫瑰 / 014

窗外…… / 015

回忆，七月 / 016

阅读 / 017

沙漏 / 019

12 月 25 日的雪 / 021

一个虚构的国度 / 022

博尔赫斯 / 024

1981年6月,复习古希腊史 / 025

一位年轻的历史教师给学生们讲俄国
  二月革命 / 026

那棵树 / 027

看空中…… / 028

有一只手在白纸上…… / 029

司马迁 / 030

我在天空上…… / 031

白日梦 / 032

年终曲(2010) / 033

午夜,写字台上的一册简明百科全书 / 034

一张旧照
  ——给安、开愚和曙光 / 035

年终曲(2011) / 036

年终曲(2012) / 037

狗在叫,狂叫 / 038

四月,狗的春天 / 039

致妻子 / 040

白天与黑夜 / 041

年终曲（2013）/ 042

八月十四日，在珠峰五千二百米营地过夜 / 043

电视节目 / 044

词语之路 / 045

雪后总有一种节日的气氛 / 046

年终曲（2014）/ 047

塔尔寺的树叶 / 048

胡亥的愿望 / 049

十一月的雁群 / 050

十一月的美景…… / 051

夜晚 / 052

2015 年 12 月 24 日夜

——给丹尼尔 / 053

十二月二十五日，下午的散步 / 054

年终曲（2015）/ 055

我走在马卡姆的街道上 / 056

那些灰尘…… / 057

我点亮…… / 058

如果我开始…… / 059

我读着鞭挞灵魂的书 / 061

视频 / 062

我看着…… / 063

为什么日子像…… / 064

1949 年的阿赫玛托娃 / 065

打开一本书 / 066

速　写

一座小雕像矗立在桌子上
旁边是一堆翻过的旧书
还有一支旧铅笔
几张纸带着谦逊的空白
随意地放在打印机上
墙上挂着老书法家的字迹
写它的手已变为灰尘
但印章和青铜器的拓印
清晰地充满情意
宁静一如既往占有着屋子
像闭馆时博物馆中的展厅
占有着天棚和地板
又一个期待的上午
如时钟一样准确地到来
或许时间将被一行文字捕捉……

2007

你的语言

你要医治你的语言
——你的语言正在腐烂。
你要拒绝那些声音
——那些声音想占有心灵。
你不想看到那些人的脸
——那是一些扭曲的脸。

你不再说话了
只要你一说出什么
它就被风给修正。
还没等它传入人们的耳朵,
它已变成尘土或者空气。

你唯有写下来,然后
放在抽屉里
等待时间把它吞噬。

挖防空洞

　　……那是一九六九年
　　　　　——题记

预想的飞机没有飞来,
预想的炸弹没有落下。

但我们的城市仍在备战:
想象着来自北方的灾难。

在这北纬45度的黑土带,
四处裸露着地下的黄土。

工厂、学校、街道和家庭,
整座城市都在挖防空洞。

预想的飞机没有飞来,
预想的炸弹没有落下。

我们学习原子弹的常识,
学会如何把脚朝向蘑菇云。

每当响起防空演习的警报,
防空洞里就躲满男女老少。

乐趣充斥在孩子们的紧张中,
而老人则厌倦了不断的折腾。

预想的飞机没有飞来,
预想的炸弹没有落下。

但来自北方的黑色阴影
是一只真实可怕的北极熊。

火车载着军车和坦克
驶向北方,驶向边境。

阴影在逼近,备战,疏散,
老人和孩子撤离了城市。

预想的飞机没有飞来,
预想的炸弹没有落下。

时常……

时常有一种虚无的厌倦
来占有我的上午。
占有我的桌子,
占有我打开的书页,
占有我在一行行文字间
获得的平静
和一种忘我的愉快。

但当它占有我整个书房时,
我呼出和吸入的也全是厌倦。

路线图

被迫的迁徙是流亡，
自愿的迁徙
又何尝不是流亡？

不管人们如何来定义，
迁徙和流亡都有着共同点：
即是从甲地到乙地。

我的祖先从山东、
河北闯过山海关，
在辽西落下脚。

一次由饥饿引导的迁徙。
那里，成为我
履历表中的祖籍。

父亲又从辽西
来到哈尔滨——
一座纯粹的殖民城市。

看看他们在往哪里走,
一条从温暖走向寒冷的路线。
这有些违背常理。

青年时期我也走了,
从哈尔滨一直向北:
去到一个更加寒冷的地方。

我从城市走向农场,
一天晚上我发现:
我在那里迷失了方向。

当我重新回到城市
我违背了父辈们的习惯,
我在走一条回头路!

我幸运地领悟到
我要走另一条路
它向内心深处伸展。

那是一个神秘的
地方,深得没有边界,
远得没有方向。

其实命运早已设计好路线，
我只是在起点和终点间
在做着连线的游戏。

怎么办?

人被赋予生命的同时,
也被赋予了时间,就像
别人端给我一杯茶的同时
其实,也给了我一杯水。
我隐隐感觉到一种使命:
我要在那个看不见的
命定的画框里
镶上一幅合适的画:
它将包含我的一生。
但我不是画家,
我不知怎么构图,
我不懂得怎么使用颜色。
我看到那么多人
胡乱地画着生活的日子,
以致把画框都弄脏了。
我有些担心:一个外行
会画好自己的一生,
会满意最后完成的作品吗?
那么,我该怎么办?
我深知:我处在一个几乎是
人人涂鸦的时代。

查理一世的死

英国国王查理一世
于1649年被送上断头台,
史书上对此有两种记载:

一是说,当他被处死时,
围观的人们扔起帽子
发出一片欢呼声;

另说是,当他的头
被砍下时,人们发出了
一片叹息……

在这三件事:处死国王、
欢呼和叹息中,
无疑,死亡是确凿的。

至于欢呼或者叹息,
对于智慧的人类

在史书上虚构已不足为奇。

2008

宋朝的铜币

一件事物会决定另一件事物,
这是逻辑,还是秘密?

从前,我爱上了两个姑娘。
她和她,我该向谁表达?

我想到了这枚宋朝的铜币,
请来帮帮我,帮我做个决定。

在历史系教室里我轻轻地
抛起一枚宋朝的铜币。

正面是她,背面是她。
命运给出了正面。

于是,我向她表达,
她委婉地拒绝了我。

我又追求另一个她,
背面的姑娘也拒绝了我。

时间是仁慈而万能的,
时间是无所不变的。

1986年的一天,正面的姑娘
终于成为了我的新娘!

我的姑娘,我的传记,
还有那枚宋朝的铜币。

玫 瑰

1

当我俯身向一朵玫瑰
闻着它的芬芳,
我知道这有些贪婪、色情,
诱人的芬芳使我
沉醉得接近了梦境……

2

看着玫瑰精致的花瓣
在带刺的绿色枝条上
不可思议地开放,
我借用一个文雅的表达
——这花中之花!

窗外……

窗外是小兴安岭的树林,
白桦,椴树,柞树,
落叶松,呼吸过明朝空气的红松
和六月清新的绿色。
房子里充满松木的气味,
坐在木头桌子前
我想到繁杂的城市生活,
想到读书,陶渊明的《挽歌诗》
和它存在主义的语气。

2009

回忆,七月

广阔的田野呈现着金黄。

一九七六年的麦收,七月。
堆积如山的麦秸
背后是小兴安岭的远山。

麦秸被点燃,烧起熊熊烈焰。

四月的麦地早已消失,
在烈火和浓烟之中
走动着知青的身影。

2009

阅 读

1

午夜,你读着卡图鲁斯的诗篇,
作为诗人,你唯有沮丧,厌倦

在二〇〇九年,什么
是你的莱斯比亚?
什么是你的形而上的想象?

试着译几行阿多尼斯,或者读一读
卡瓦菲斯,啊,尘世的诗人,
尘世的叛逆者,归宿是时间还是遗忘?

后者更像是乐园,更像是故乡。
在这不相信迷宫
和神话的时代,无耻或无聊
如时装一样流行,像商业片一样
卖弄它精心设计的技巧。

2

反复地读你的诗,你的短文,
陶渊明,想象着自己的某些地方
会发生变化,甚至
可能成为热气球,飘升到
一个高度,当然不是平流层,
自由地俯视大地,田野,河流,
山脉,公路,已变成蚂蚁的
人们。贫穷,喝酒,
乘着亲朋好友的汽车旅行。
然后,渴望孤独。在山中旅馆
在午夜,阅读卡夫卡的《城堡》,
K 正是在此时踏着积雪走来,
而山顶正在修建一项赌博的工程。

沙 漏

当沙漏被倒置时
停滞的时间又重新开始:
那些沙子均匀而
垂直地落下
形成一条沙子的绳,
一条时间的绳子,
它没有形成一个尖顶
然后使沙子散开,
而是形成一个小环形山。
白色的细沙携带着静谧
和历史的喧嚣:
黄昏的清朝与沙皇俄国,
城市兴起,帝国将消失。
东方的街道刮过西方的风。
霍尔瓦特大街通向
圣尼古拉教堂,
年轻的俄国军官的舞步
轻易地迈过了1917年革命。
白俄,流亡。
"九一八事变"迎来了

溥仪的假帝国……
从中我既看到了历史
也看到了时间的幻象。

12月25日的雪

12月25日,雪不断地下着,
像一代新人降生在这个世界上,
把陈旧的大地变得可爱、生动。
其实,这样的事始终循环出现着,
从没有停止。在这个世界上
根本找不到一件静止着的事物,
哪怕是梦也像云一样变幻
就连灰烬也会融进新的生命。
循环或重复使我们有了祖先、
后代,有了记忆,有了智慧,
有了使我们活下去的依恋。

2009

一个虚构的国度

用想象缔造一个国度
一个虚构的国度,
它只属于我一个人
——像是一份私有财产,
一个人全部的秘密。
在这只有我一个人的国度里
实行什么制度呢?
这要看我的意志,我的心情,
也许我早晨实行共和制,
到了晚上就实行君主制。
如果为了造长城,
为了造一座大理石的城市,
那就实行君主制,
好让我自己为一个属于
一个人的虚构的国家写作一部史诗。
不,不行,史诗早已是
一种死去的形式,
它需要神话,需要历史。
再说,东方的君主
不过是一位后宫的奴隶。

还是选择共和制吧,
好赖要尊重潮流!
我是这个国度唯一的公民,
唯一的首脑,唯一的意志。
但我没有制定宪法的必要,
我不需要国旗、国歌或首都。
一个虚构的国度
只流通想象这种货币。
在只有一个人的国度里
是什么制度有何意义!
当然,我也会想到我的国度之外的事,
民主,自由,正义。
民主和正义都需要多数,
只有一个人的国度
还是要自由吧,自由
你把它送给你自己!

一个虚构的国度
是一个想象的国度
一个不需要时间和法律
来统治的国度。

博尔赫斯

写作最终是项失败的事业。
当你老了,当你迷失在
辨不清白天黑夜的迷宫中,
你平静地接受把诗写得短些,
把自己作为歌唱的英雄,
赞美失明后的黄昏,赞美
你拥有的神秘黄金,
赞美永恒的乌有和遗忘。
你也以业余新教徒的身份
探讨天堂地狱的秘密,
并毅然地前往日内瓦
为自己的尘土找到了墓地。

2010

1981年6月,复习古希腊史

三个人围着圆桌复习古希腊史:
梭伦改革,伯利克里时代,
还有那些悲剧作家……
你的手在桌子下面悄悄地
抚摸着她的裙子边儿,这时
你正在看钱伯斯历史地图集:
爱琴海和它曲折的海岸。
克里特文明诞生在这个海上,
还有迷宫、牛头怪
和阿里阿德涅……这时
你的手在抚摸她的大腿,
并读到"古希腊灿烂的阳光……"

2010

一位年轻的历史教师给学生们讲俄国二月革命

那年五月,一位年轻的历史教师
正在给学生讲世界近现代史,
讲过一战爆发,斐迪南夫妇被刺……
他开始讲俄国,俄国的二月革命。
沙皇推翻后成立了临时政府,
克伦茨基后来回忆到:
以往存在于不同阶层人们之间的墙
顷刻间倒塌了,人们在大街上奔走着
相互传递着消息,交谈着……
俄国二月革命,它也发生在春天
那已是公历的三月,雪已在彼得格勒的大街上融化……

2010

那棵树

那棵树疯了,它立在井沿上,
那是在一九四〇年代。

那棵树疯了,每当有风的晚上
它都发出狗的狂吠。

那棵树疯了,因为它被疯狗咬过,
它成了长着树叶的狗。

那棵树疯了,连井水也常常狂吠,
连走向它的小路也疯了。

2010

看空中……

看空中——飘着灰尘,
看地上——覆盖着灰尘,
而人群是流动的灰尘,
树木是生长的灰尘,
命运是时间的灰尘。
为什么,为什么?
哪里来的这么多灰尘?

2010

有一只手在白纸上……

有一只手在白纸上不经意地划出一条线
你明白那就是你的一生：
有开始，有结束。
开始比较直，有力而清晰，
结束时有些模糊，有些弯曲。
但你要感谢这条线它已有足够的长，
也没有断断续续，如果不挑剔
它看上去也完全称得上是一条漂亮的线，
一条不折不扣的线。

2010

司马迁

一位被阉割的人写出古往今来的历史。
而后,数不清的正常人却在不断地阉割历史。
没有一个人说,来阉割我吧,让我完成使命。

2010. 12. 4

我在天空上……

我在天空上行走,随意而盲目
这天空没有云,没有星星。
十二月的雪落在天空上,
天空是充满危险的道路
充满融雪剂的肮脏,
坚硬的天空上布满车辙
脚印,诡异的没有叶子的树,
也散落着痰迹和垃圾,
天空上的行人都带着冻僵的
脸,笑容早已从脸上逃离,
我在天空上行走,在这十二月
这里已是一座冻僵的城市
城市的头深埋在天空里

2010

白日梦

我走在未来的街道上
看着这座面目全非的城市,
我的同辈不是死去
就是已到暮年,
仅有的是天边一丝辉光。
我也不过只能缓慢地走走,
看着陌生的同胞、人类
和人类的风景,
在他们存在的时间里
我将消失,像微风
吹落的一丝灰尘。
或许,我写下的一行诗,一首诗
在黑暗中冬眠过一年又一年后
会被一双新奇的眼睛
唤醒,释放出
埋没多年的渴望。

2010

年终曲（2010）

书籍，杯子，12月31日，
夜晚在头脑之外简单而宁静，
门、墙壁、水彩画
构成清晰又复杂的几何关系，
台灯像目光专注着桌子，
一摞待看的书和堂·吉诃德的
雕像，而我的心专注着这些灰尘
——一些时间的表象。
许久以前的钟声又在
回响，穿过我日子的走廊，
一年结束在它该结束的时刻，
犹如一个古老的英雄
他的脸上不带有普通人的忧伤。

午夜,写字台上的一册简明百科全书

午夜,写字台上的一册简明百科全书
在桌面上映出清晰的书脊,
书名全是反字,如果从书的角度
也会看到我的反影:我的左眼是右眼
我的左手是右手,我的影子看着我。
在另一个范畴,我也许是我的反面。

2011

一张旧照

——给安、开愚和曙光

三个朋友坐在桌子旁喝着咖啡,
闲适地聊着,看着旧金山的街景,
这天是美国人的节日——
阵亡将士纪念日。
在小学和中学,我曾学着仇恨
美国这个遥远抽象的敌人。
安说着中国,开愚说着德国,
我们说着卡斯特罗大街,
窗子上映出曙光拍照的身影。

2011

年终曲（2011）

终点即起点，就像暴君的终点
即自由的起点，就像2011年的北非，
古老的迦太基又被人想起！
十二月过后就是一月，又是新的一年，
许多新人将诞生而老人逝去，
只要是树木就增加了一圈年轮。
人们的目光也环绕着地中海转了一圈，
历史的铁笔已记下暴君的死期。

年终曲（2012）

十二月，寒冷几乎把人们
带回到冰河时代，笨拙，小心
猛犸象般拖着脚步
在雪地上在时间里——缓行
寒冷冻结了街道，冻结了日夜
驱逐了匆忙、想象，甚至感情
无望的气温令人屈服
寒冷犹如人在目视利刃
而天气预报中仍不断地重复着：
"贝加尔湖、西伯利亚的冷空气……
贝加尔湖、西伯利亚的冷空气……"

狗在叫,狂叫

狗在叫,狂叫,
狗在我的梦中狂叫

我想:发生了什么事
不然狗不会狂叫

那可能是些愤怒的狗
饥饿的狗,发疯的狗

狗在说着狗话
在我听来就是狂叫

我的梦被狗叫声统治着
狗叫乃狗的心声

我醒来,狗仍在叫
噢,人与狗同在。

2013.2.6,哈尔滨

四月,狗的春天

楼房围成的院子被阳光占领
带来迟到的春天的温暖
一个女人走过,手上搭着上衣
另一只手打着手机,草地
和树木还没有绿影
这时,一只白狗从楼洞里跑出来
欢快地跳着,叫着
后面跟着面无表情的主人
他看着狗跳着,叫着
他还是那么沉闷
——唉?这狗的春天

2013

致妻子

五月的夜晚盛开着樱桃,
我梦到夏天的你和女儿。

那时你还年轻,身着漂亮的
衣裙,头发长长地飘动,
女儿还是个少女
像我们的阳光或月亮。
仨人围着桌子,
天空辽远,仅有几丝白云。
你不断在说着什么,
女儿偶尔插话,
我只是在听,那些快乐的声音……

但我们仨真的相聚还要等到六月,
等到飞越万里的天空。

2013,哈尔滨

白天与黑夜

我在一个大陆入睡
梦到另一个大陆的情景

加拿大鹅在草地上漫步

时间总往回走(总是倒流)
我在白天想着另一个大陆的夜晚

知更鸟在阳台栏杆上唱歌

我在夜晚回到我的大陆
梦中醒来以为是在另一个大陆

北美的乌鸦成群地在天上飞过

我挣扎地倒着时差
熟悉的灰尘为我亲切地洗礼

2013

年终曲（2013）

这是我五十五岁最后的一天，
这是二零一三年最后的一天。

明天和今天有什么不同？
白天会长点儿，天气要冷点儿。

旧日历会换成新日历，
一切仿佛在重新开始。

但雪又在下，又在下，
新雪和旧雪合为一体。

而旧我支撑着新我
在冬天肮脏的天空下无语。

八月十四日,在珠峰五千二百米营地过夜

当牦牛粪在火炉里变得暗淡
帐篷里进入高原的夜晚——
寒冷,寂静,睡梦中只有
无名之河哗哗的流水声
此刻如能梦到林芝,或者
尼洋河谷的风光,或者
晴空下的巴松措
必定以为到了天堂
小雨淅淅沥沥地落着
营地几乎没有光亮
氧气似乎在蒸发
肺则犹如将熄灭的炉膛
噩梦在帐篷里游荡

2014

电视节目

电视播着一个严肃的节目：
行星如何如何运行，
最后说太阳将在五十亿年后熄灭
其他行星围着暗下去的太阳
旋转，或者被它吞噬
这是一个多么悲伤的知识
即使是五十一亿或者四十九亿年
一想到这个结局也同样可悲
当然，也可这样想：
那时人类早已消失
也许有准人类存在到最后
直到世界没有了光
但要想到几十万年对于人类
都像是无限的时间
那么，为太阳熄灭悲伤
真可被说成是：杞人忧天

2014

词语之路

被迷惑,被引诱,还是
渴望并迷恋
这条能看到开始
但想象不到尽头的道路
我不想理得那么清楚
我不想成为诗的学者
我更喜欢沉醉于词语的酒:
白酒,黄酒,红酒,啤酒
沉醉于路上的风景
风景之后的风景
我渴望回头,但可能看到
故乡已不像故乡
梦一样的城市
变为庸俗而资本主义的城市

雪后总有一种节日的气氛

雪后总有一种节日的气氛
城市一下变得干净
仿佛一切肮脏丑陋都已消失
把真实的街景带入童话的境界
这让人想起童年
孩子们情不自禁地快乐
大人们也慢下脚步
似乎没有必要生活得匆忙
十二月已是一年的年底
为什么要匆匆地结束它？
感谢这场大雪吧，它可以
给我们几天干净的空气
它会暂时地把肮脏丑陋盖住
使我们在这十二月多得到一些
愉快和惬意。

2014

年终曲(2014)

我要感叹这一年的结束
为此写下这些文字
一年的结束,也许有些虚幻
其真实,不如今天下的小雪
不如寒冷清新的空气
不如雪地里放风筝的人
不如隐藏危险的人行道
不如没有温暖的朦胧太阳
不如房中绿色的巴西木
不如室内二十三度的气温
不如女儿寄自加拿大的贺卡
不如杯中台湾的咖啡味
不如已来临的夜晚
等等,等等
但明天的日历上会显示:
2015。它会嵌入各种语言
呈现它命定的真实感

塔尔寺的树叶

在塔尔寺,在一棵菩提树下
我想到遥远的印度,想到
菩提树下的僧人

有人告诉我,菩提树叶
它可以带来幸运……
我拾起一片放入衣袋

朝拜的人们和游客
像云一样在塔尔寺流动
就像僧人不停地诵经

当我回到世俗的城市
夏天过去,秋天来临
那片树叶已被忘记

当我在衣袋里再次看到它
——那片菩提树叶
它已干枯,变成世俗的碎屑

2015

胡亥的愿望

始皇帝三十七年后,胡亥登基,
但这没有使他沉浸在皇帝的荣耀里,
一到夜晚他就常常想到父亲的死,
想到沙丘,想到炎热的夏天:

  一大队皇家的人马奔走在回咸阳的大道上,
  一担鲍鱼伴随着始皇帝的尸体——
  李斯、他和赵高决定用鲍鱼的腥臭掩盖尸臭。

好长时间,那鱼腥和腐尸的气味
使他寝食难安,失眠折磨着夜晚。
又一个失眠的夜晚,二世皇帝心生一个愿望:

  "但愿朕能寿终正寝,
  但愿朕能安静死在自己的床上。"

2015

十一月的雁群

一群又一群加拿大雁在两到三个房子高的空中飞过
一边飞一边叫,提示我想到一个汉语象声词

这些雁群同样飞出了一字,飞出了人字
这自然使我想起多年前飞过哈尔滨天空的那些大雁

世界上似乎存在着无穷无尽不同的事物
但这东西方不同的雁群是以什么方式获得了同样飞行
  的习性

2015,加拿大马卡姆

十一月的美景……

十一月的美景已远去
它们侵占了我部分的记忆

无人的街道和路灯
向远处平静地伸展

一些木房子正在建造
正在加窗,正在封顶

一群又一群加拿大雁边叫边飞
我疑惑它们为什么还不离去

而我,一个东方人
在地下室重读着《变形记》

我知道,当我从这里走后
会像天空飞过的雁群,了无痕迹

2015,加拿大马卡姆

夜 晚

无数的夜晚构成人一半的生命
无数的夜晚也使人变得平静
这是回忆和做梦的时刻
这是太阳照耀另一个半球的时刻
去了又来的情景令人心生安慰
误以为生活总会这样不断地重现
一个回忆代替另一个回忆
一场梦覆盖另一场梦

2015,加拿大马卡姆

2015年12月24日夜

——给丹尼尔

在这座陌生的城市
我不认识任何走在街上的人
生活在这里,却像个游客
还不如空中飞过的那些雁群
十一月,你如期降生了
你渐渐看见我,认识我
和我说着哎——哎
你说的话就从这个元音开始?
一个出生在这里的人
一个注定要在未来履历中
不断写下这座城市名字的人
你是我的新朋友

2015,加拿大马卡姆

十二月二十五日,下午的散步

节日的马卡姆更加宁静
静得像一座停摆的钟
午后的阳光温暖着绿草地
使飞过的雁群显得更加生动
我们则像两头麋鹿走过——
马卡姆,一些初次经过的街道、
变换着风格的建筑
但我们身后没有拉着车
圣诞老人应该在冰天雪地的国度
我们随意谈论着房子、风景
这个我们第一次经历的温暖的圣诞日
我们没有谈到耶稣的降临
而谈到树木和一位长椅上的老人
——我们从没想到的马卡姆
——一个新出生的人
——明年或后年的十二月……

2015,加拿大马卡姆

年终曲(2015)

无论谁读我的言辞就是在创造它们。
——博尔赫斯

我羡慕古希腊人勇敢地面对命运
时间描绘出他们灿烂的星空
智慧筑造出独特的希腊字母
还有荷马直至卡瓦菲
从柏拉图我明白了我的原型:
世界上唯一的人就是所有的人
然而,那是一种什么样的机缘
和什么样的幸运将一种美妙
抛给生活在爱琴海岸的人们
他们为此编织出神话、史诗
不朽的哲学和人类的洞见……

2015,加拿大马卡姆

我走在马卡姆的街道上

我走在马卡姆的街道上
却看不到我自己。能看到树木
看到十一月的红枫叶
看到流动的云和雁群
却看不到我自己——
地上没有我的脚印
空气中没有我说话的回声
我走过的地方一片宁静而虚无
一片说不清的静止
我投在地上的影子不断在身后散去

我,在这儿生活过
却是一个不存在的人

2016,加拿大马卡姆

那些灰尘……

那些灰尘像阳光
在夜晚则像空气
包围着你,紧紧地
它们进入你的头发
进入你的血液
进入你的梦境
甚至侵入你的基因
那些灰尘,想把你
改造成新的物种

2016

我点亮……

我点亮房间的灯
房间一下由黑暗变得明亮

我摆弄一番老友般的书籍
在混乱上增加混乱

还有一盏灯也被我点亮
它时常地被我点亮

但它并不在房间里
也不在房子外

有时我能点亮它
它会照亮仅仅属于我的空间

有时我怎么也点不亮
我只能沮丧地面对一片黑暗

2016,哈尔滨

如果我开始……

如果我开始学习祈祷
我将要说些什么?

没有人走近我
没有人走在我的前面

我是打开书
还是打开石头

我不断地打开门
但我看到的不是道路

这时,我要说些什么?
我需要另一个时空吗?

或许我真的需要
但更需要的是新的言辞

用它们说出我的祈祷

2016

我读着鞭挞灵魂的书

我读着鞭挞灵魂的书
那一行行文字忽然动起来
它们一会儿排成长队
仿佛长得能穿过西伯利亚
倔强地在严寒中摆动
它们一会儿又像是省略号
向远处不断地延伸
清楚地说着某种苦难
无尽的苦难,无法说尽
有些文字忽然集合起来
都是些名词,构成一个个事件
让我仔细地看着它们
让我重新读出它们的声音

那些长长的队伍
那些不断延伸的省略号
那些重新读出的声音
都在鞭挞着我的灵魂

2017

视　频

当这里夜晚渐深
我看到那里上午的你

枫树已有金黄的树冠
充满九月的静止

你的声音，你的眼睛
还有湛蓝的天空

每天阳台的栏杆上
还有知更鸟来吗？

或又闻到臭鼬
在起伏的乡村公路上

此刻，一想到你的咖啡
我就想再次飞越北极

2017，哈尔滨

我看着……

我看着这面墙
这是面白色的墙
白的什么也没有
白的仿佛是虚无
但它确实在那儿
它在为某些事物命名
比如,看不见的时间
比如,被设想的宇宙之外
还有无穷无尽的未来

为什么日子像……

为什么日子像沏过几遍的茶
越来越淡,越来越没味
请不要对我说明天是晴天
或者后天是个好或更好的天
不要用许诺勾引我的欲望
我只想要一个真实的下午
有阳光从阳台的窗户射入
我要重新沏杯茶来改变日子的味道
用清新来唤醒昏沉的我
让我灵魂出窍
像一件刚刚洗过的格子衬衫

2017

1949年的阿赫玛托娃

俄罗斯的夜莺,你怎么啦?
我刚刚为你1947年的咏叹欣喜
忽然,你跌入1949年的谷底
你的声音变得沙哑而粗糙
高高的声调向上仰视着
你的脚下是你的人格
你想用什么换取什么?
我想,你清楚你的耻辱!
这更让人悲愤成尘土

1949年的阿赫玛托娃呀
要等多久你才能重新找到缪斯
用西里尔字母记下她的叹息

2017,哈尔滨

打开一本书

打开一本书,一页白纸
一页白纸,又一页白纸

打开一本书,一行文字
一行文字,又一行文字

打开另一本书,我看到音乐
一个旋律滑向又一个旋律

打开另一本书,我发现灵魂
它在舞蹈,并驱逐掉活的耻辱

2017,哈尔滨

图书在版编目（CIP）数据

塔尔寺的树叶 / 朱永良著.-- 武汉：长江文艺出版社，2019.8
（缄默之盐诗丛）
ISBN 978-7-5702-1008-4

Ⅰ.①塔… Ⅱ.①朱… Ⅲ.①诗集－中国－当代
Ⅳ.①I227

中国版本图书馆 CIP 数据核字(2019)第 092561 号

责任编辑：胡 璇　王成晨		责任校对：毛 娟	
封面设计：江逸思		责任印制：邱 莉　王光兴	

出版：长江出版传媒　长江文艺出版社
地址：武汉市雄楚大街 268 号　　邮编：430070
发行：长江文艺出版社
http://www.cjlap.com
印刷：湖北民政印刷厂

开本：880 毫米×1230 毫米　　1/32　　印张：9.375　　插页：8 页
版次：2019 年 8 月第 1 版　　　　2019 年 8 月第 1 次印刷

定价：68.00 元（全四册）

版权所有，盗版必究（举报电话：027—87679308　87679310）
（图书出现印装问题，本社负责调换）